Manfred Hirschleb

Die Rückkehrer

Roman

Vorwort

Dies ist die Geschichte von Aonghus, der von den Soranern geschaffen wurde, deren Umsiedlung von ihrem verlorenen Planeten auf die Erde vorzubereiten. Die Soraner haben schon lange die höchste Stufe der Evolution erreicht und existieren seither als körperlose Entitäten in einer Enklave im Andromedanebel. Ihr Planet wird von einer künstlichen Intelligenz beherrscht, welche die Vernichtung allen biologischen Lebens zum Ziel hat.

Den Soranern gelang es, die Entfernung zur Erde zu überwinden, die sich als einziger erreichbarer Planet für ihre Zwecke eignet. Aonghus ist die letzte Hoffnung. Er soll die menschliche Spezies befrieden, damit die Soraner deren Körper und damit auch den menschlichen Gencode übernehmen können. Die soranische Entität beeinflusst Aonghus Menschwerdung und verleiht ihm übermenschliche Fähigkeiten. Das fremde Bewusstsein vermischt sich jedoch mit dem menschlichen und ein innerer Konflikt entsteht.

Der Anfang für die Erneuerung ist gemacht. Wird die Invasion gelingen?

1. Kapitel

Es passierte mit elementarer Gewalt: Während der Mann das Feld bestellte, saß seine Frau strickend vor dem prasselnden Kaminfeuer. Noch sah man ihr die Schwangerschaft nicht an. Riesige Wolken türmten sich auf und verdunkelten den Himmel: Der Wind frischte schlagartig auf und Blitze zuckten am Firmament. Einer schlug in das naheliegende Gehölz und setzte es in Brand. Die Luft knistert und roch nach Ozon, doch kein Regentropfen benetzte den ausgedörrten Boden. Eilig wurden Fenster und Türen geschlossen, um das Wüten der Elemente draußen zu halten. Der Mann schaffte es gerade noch ins Haus.

Als die Frau die Tür öffnete, um ihren Mann einzulassen, schoss eine bläulich schimmernde Energiekugel durch den Türspalt. Der Zusammenstoß warf sie mit Wucht in die Zimmerecke, wo sie benommen liegenblieb. Die knisternde Kugel hinterließ auf den Holzdielen eine Brandspur quer durch den Raum und verschwand durch den offenen Kamin.

Der Mann stürzte zu seiner Frau, die außer ein paar Prellungen nichts weiter abbekommen hatte. Auf seinen besorgten Blick hin nickte sie nur zuversichtlich und ließ sich von ihm aufhelfen.

Kopfschüttelnd betrachteten sie die noch leicht qualmende Brandspur durch ihre Stube. Sie kamen zu dem Schluss, dass es ein Kugelblitz gewesen sein musste, den sie wie durch ein Wunder überlebten. Den Schreck noch in den Gliedern schlang die werdende Mutter die Arme um ihren Bauch und dankte ihrem Schöpfer, dass er sie und das in ihre heranwachsende Kind verschont hatte.

Das werdende Leben im Bauch der Mutter … Erst vor wenigen Wochen aus der Verschmelzung von Samen- und Eizelle hervorgegangen, vorläufiges Ergebnis der Chromosomen, die weitere Details festlegten und den genetischen Code festlegten. Die Stammzellen begannen, kaum dass sie auf den Plan getreten waren, mit der Umsetzung der in diesem Code enthaltenen Baupläne. Und in dieser Situation, am Anfang der Entwicklung eines der komplexesten Geschöpfe des Universums, drang der energetische Splitter jener fremden Entität in diesen Vorgang ein. Die Entität war nicht an Materie gebunden, bestand aus reiner Energie und bemächtigte sich des genetischen Codes, begann einzelne Sequenzen umzubauen.

Er wuchs ungewöhnlich schnell. Während andere Embryos neun Monate bis zur vollen Reife benötigten, war er schon nach drei Monaten bereit, das Licht der Welt zu erblicken. Er empfand leichten Schmerz, als Milliarden Neuronen explosionsartig mit ihrer Arbeit begannen. Die Synapsen waren kaum in der Lage, den Informationsfluss zwischen ihnen zu bewältigen, musste dieser doch von elektrischen in chemische Impulse umgewandelt und mittels Neurotransmittern zwischen den Synapsen übertragen werden. Dort wurden sie zu Informationen umgewandelt, die nicht nur in seine Gehirnzellen implantiert wurden, sondern in jede Zelle seines Körpers. Es waren keine selbst gewonnenen Informationen, sondern sollten dem jungen Leben mühsames und zeitaufwendiges Lernen ersparen.

In diesem Moment erlangte er nicht nur Bewusstsein, sondern auch Jahrtausende altes Wissen. Er blickte sowohl in vergangene Zeitalter wie auch in die Gegenwart. Alles existierte zur gleichen Zeit. Er besaß Intelligenz. Etwas Wunderbares war passiert! Das noch junge Leben wurde von etwas Großem gestreift – einer Kraft, die es ihm ermöglichte, in die Sphären des Kosmos hinauszugeleiten. Und da war noch etwas, nicht Greifbares: Es war der Wunsch, nach den Anfängen menschlichen Lebens zu suchen. Und während er geborgen in seiner Schutzhülle verweilte, begann er zu *sehen*. Mit wachen Sinnen durchstreifte sein Geist die Zeitalter des Planeten wie im Zeitraffer und er sah …

Da war ein mit einem blauen Ozean bedeckter Planet mit einem einzigen Kontinent. Dieser brach auseinander und bildete einzelne Landmassen, die auseinanderdrifteten. Die Elemente wüteten. Die in dem glühenden Inneren des Planeten treibenden Landmassen schoben sich ineinander und untereinander, türmten Gebirge auf, während brodelnde Vulkane das Land neu formten. Wälder, Wüsten und Savannen entstanden und vergingen, reißende Flüsse speisten Seen, Täler und Auen und rissen wieder alles mit sich. Es vergingen Jahrmillionen, in denen Flora und Fauna den Planeten prägten. Ebenen und Wälder reichten bis an den Rand der Eisfelder. Riesenhirsch, Wollnashorn und Mammut waren ständig auf der Hut vor Säbelzahntigern und anderen Räubern. Den Himmel beflügelten unzählige Arten von Vögeln und in den Meeren explodierte maritimes Leben. Dann entdeckte er die ersten Menschen, gerade erst von den Primaten abgespalten, die gelernt hatten, mit Werkzeugen und Waffen ihr Spektrum zu erweitern. Sie zähmten das Feuer und nutzten Kleidung aus Tierfellen gegen die Kälte. Es vergingen weitere Jahrtausende. Es bildeten sich Gemeinschaften, Stämme, Clans. Sprache entstand. Ständig auf der Suche nach Nahrung dominierte die Jagd das tägliche Leben. Angst ums Überleben und die Vermehrung des Clans hatten oberste Priorität. Die Fortpflanzung erfolgte noch recht willkürlich. Sex diente in erster Linie dem Zweck zur Reproduktion. Polygamie war eine Überlebensstrategie und hatte sich fest in den Genen verankert. Es war die Zeit der Jäger und Sammler …

Auch er war ein menschliches Wesen, doch bereits im Mutterleib in der Lage, seinen Geist über sich selbst hinauswachsen zu lassen. Wie war das möglich? Der Drang, die Entwicklung seiner Spezies zu erkunden, saß tief in ihm.

Mit dieser Erkenntnis wuchs das junge Leben heran. Bald würde er die Welt mit anderen Augen sehen. Was er jedoch nicht bemerkte, war die fremde Präsenz, die jede seiner Zellen durchdrungen und sich in ihm manifestiert hatte.

Sein Bewusstsein entsprach nicht seiner körperlichen Entwicklung. Er war *anders*: Und da war noch eine Bestimmung, ein Plan, eine Aufgabe ... Die Präsenz wurde immer stärker ...

Die Geburt begann, ein unabwendbarer Vorgang, dem er jedoch voll Neugier entgegensah. Unaufhaltsam wurde er durch den engen Tunnel gepresst, dem uralten Plan folgend, der im genetischen Code hinterlegt war. Muskelkontraktionen schoben ihn unaufhörlich dem Licht entgegen, er wurde am Kopf gepackt und herausgezogen – und da war er. Den Klaps auf den Hintern interpretierte er als Aufforderung seine Lungen zu gebrauchen, also schrie er. Es fühlte sich an wie ein Urschrei, ein Initialisierungsritual. Er erkannte, dass er geboren werden *musste,* um genau diese Erfahrung zu machen, die Basis allen Lebens war. Aber warum das alles? Noch fehlten ihm Informationen ...

Die Hebamme reinigte ihn, wickelte ihn in sauberes Tuch und legte ihn in die Arme seiner Mutter, die ihm sogleich die Brust gab. Intuitiv begann er zu saugen, was ihm befremdlich vorkam. Die Liebe, die seiner Mutter Herz erfüllte, durchflutete auch ihn.

Er sah den plötzlichen Schreck in den Augen seiner Eltern und der Hebamme, vernahm ihre Worte: »Mein Gott! Unser Junge ist blind. Sieh nur seine Augen, sie sind ganz weiß. Er hat überhaupt keine Pupillen!« Tränen rannen über seiner Mutter Wangen und tropften auf sein Gesicht. Erschrocken beugte sich sein Vater über ihn, strich mit der Hand mehrmals über seine Augen, um herauszufinden, ob sie reagierten. Aber da waren keine Reflexe, denn deren Sinn und Zweck erschloss sich dem Neugeborenen nicht, da er sie nicht benötigte.

Er war nicht blind, nur etwas irritiert ob ihrer Hilflosigkeit, sah er doch mehr als sie alle zusammen: Äonen der Zeitgeschichte. Es würde nicht lange dauern, bis er sich verständlich machen konnte. Sie würden es nicht verstehen – noch nicht. Da man ihn gegen seinen Willen in dieses Dasein geholt hatte und seine erste Erfahrung Schmerz, aber auch Zuneigung und Liebe war, drängte sich ihm die Frage auf, weshalb das so war. Und wieso sollte gerade er dies ergründen? Sein Geist überbrückte Vergangenheit und Gegenwart, denn die Evolution war grenzenlos. Was war der Mensch, was machte ihn aus? Die Entwicklung einer Spezies war für sie ein Wimpernschlag, für den Einzelnen, aber auch ganze Gesellschaften oder Kulturen, jedoch ein langer Weg. Der Schlüssel für Tun und Handeln fand sich nicht allein in kultureller oder zivilisatorischer Entwicklung noch in aktuellen Lebensumständen. Mit Klarheit erkannte er die Wichtigkeit des archaischen Erbes für das Individuum. Es war fest in den Genen verankert und dominierte jedes Lebewesen.

Nun begann er zu verstehen.

Die Menschen wurden von einer Vielzahl von Trieben gesteuert, die tief in ihren Genen und dem Unterbewusstsein verankert waren. Sie hatten sich vor Abertausenden von Jahren entwickelt und daran änderte die Neuzeit nichts. Die stärksten Triebe waren der Selbsterhaltungs- und Fortpflanzungstrieb, wichtigste Werkzeuge der Evolution. Ersterer hat in weiten Teilen der Menschheit fast seine Bedeutung verloren, weil die Gesellschaft dessen Notwendigkeit nivelliert hatte. In anderen Teilen der menschlichen Rasse dagegen gehört der Überlebenskampf immer noch zum Alltag, weil der Schutz der einen nicht alle miteinschloss. Der Drang zur ständigen Reproduktion führte im Laufe der Evolution zum raschen Anstieg der Populationen und Konflikten, irgendwann würden die Ressourcen des Planeten aufgebraucht sein. Er sah, wie sich diese wundervolle blaue Kugel langsam veränderte. Die Menschen waren dabei, ihre eigene Existenzgrundlage systematisch zu zerstören.

Er begann die Wichtigkeit seines Auftrages zu begreifen. Er sollte etwas vorbereiten. Dafür musste er lernen zu verstehen, fühlen und wachsen.

Jetzt aber sah er die Angst seiner Eltern neben ihrer Liebe und Zuneigung. Sie dachten, er wäre blind, und machten sich Sorgen, was aus ihm werden sollte: Würde er weiter so schnell wachsen? Waren das Folgen eines Gendefektes? Würde er gar sterben, noch bevor er laufen konnte?

Sie nahmen ihn mit nach Hause und betteten ihn in die vorbereitete Wiege. Das Leben als Familie begann ...

Urplötzlich waren sie da, ihre Gedanken, einfach in seinem Kopf. Er konnte ihre Worte über ihre Gedanken hören: »Bleibt er für immer blind?«, fragte seine Mutter, während sie zu ihm in die Wiege sah. Ihr Herz war erfüllt von Stolz und Freude. Schon so lange hatten sie sich ein Kind gewünscht und nun lag er in seiner Wiege und nuckelte am Däumchen. Sie war unendlich dankbar für diesen Kindersegen.

Sein Vater saß vor dem Kamin, rauchte seine Pfeife und trank einen starken Grog. Aromatischer Duft vermischte sich mit dem Brandgeruch des Kaminfeuers, während ein Ast unentwegt ans Fenster klopfte. Draußen wirbelte der Wind das Laub umher. Seines Vaters Blick fiel unwillkürlich auf die Brandspur auf den Holzdielen. *Was war damals wirklich geschehen?*, fragte er sich.

Er spürte die Angst seiner Eltern. Sie waren verunsichert, machten sich Gedanken, was aus ihm werden sollte, wenn er größer wurde. Er wuchs doch so schnell und das war unheimlich für sie. Aber da war auch ihre unendliche Liebe, das Glück, das ihnen in so späten Jahren noch ein Kind beschert hatte.

»Wir wissen nicht, ob er sehen kann. Vielleicht, vielleicht nicht. Aber ich glaube, dass dieses Kind kein normales ist. Wir werden es bald wissen«, antwortete der Vater. »Schau ihn doch an, er strotzt vor Gesundheit. Ihm fehlt nichts. Zu einem Arzt können wir nicht gehen, dann nimmt man ihn uns vielleicht weg. Die Hebamme hat versprochen zu schweigen. Schon die kurze Schwangerschaft zu verbergen war schwierig. Und er wächst weiterhin viel schneller, als ein normales Kind.«

Zärtlich strich sie dem Jungen über das Köpfchen, beugte sich hinab und küsste ihn auf die Stirn. »Mein lieber, lieber Junge, ich bin so glücklich. Du wirst einmal ein großer junger Mann werden, auf den wir stolz sein können. Wir werden dich immer lieben. Du bist etwas Außergewöhnliches und bald wirst du uns dein Geheimnis verraten. Was meinst du?«, fragte sie ihren Mann. »Ach was, du bist ja jetzt ein Vater, du alter Mann«, frotzelte sie. »Also, Papa! Kannst dich schon mal daran gewöhnen.« Ihren Augen blitzten voller Stolz.

Er nickte nur, sog an seiner Pfeife und rückte sich die Decke über den Knien zurecht. »Wir müssen ihm einen Namen geben. Was hältst du von Aonghus?«, brummte er.

»Wie der Gott der Liebe und Jugend? Hört sich gut an. Für mich ist er schon ein kleiner Gott.« Zärtlich spielte sie mit seinen kleinen Füßchen, mit denen er schon munter strampelte.

»Gut, dann soll es so sein!« Er stand auf, streifte sich die Decke ab und legte Holz im Kamin nach, sodass die Funken stoben.

Dann setzte er sich wieder zufrieden in den Sessel, starrte ins Feuer und blickte verstohlen zur Krippe hin. Vaterstolz durchflutete sein Herz. Ja, der Allmächtige hatte es wirklich gut mit ihnen gemeint. Normalerweise hatte er es nicht so mit der Religion, doch dieses späte Geschenk Gottes konnte er nicht leugnen.

Er freute sich über seinen Namen. Aonghus. Ein Gott wäre er zwar nicht, aber dennoch für Großes bestimmt. Er spürte ihre reine Liebe und die Kraft und den Aufopferungswillen, die sie für ihn empfanden. Sie waren einfache, gute Menschen, die schwer für ihren Lebensunterhalt arbeiteten. Ihr Wunsch, ihn glücklich zu machen, war allgegenwärtig. Satt und geborgen hätte er ihnen gerne gesagt, dass er sie verstehen konnte, aber jetzt fühlte er die Bestimmung, die es zu erfüllen galt. Er wurde von einer ihm unbekannten Macht getrieben, die er noch nicht erfassen konnte, die jedoch drängend in seinem Unterbewusstsein präsent war. Sein Geist musste weiter ausholen, die Welt und ihre Geschichte erkunden. Die unbekannte Entität zwang seinen Geist weiterzuforschen. Er musste die Entwicklungsgeschichte der Menschheit begreifen lernen. Nur so war es möglich, sich auf das Kommende vorzubereiten …

Dank der Gemeinschaften konnten die notwendigen Ressourcen, um in der kalten Jahreszeit überleben zu können, bereitgestellt werden. Mittlerweile konnte man sich auch verständigen. Noch war es keine richtige Sprache und vieles drückte man mit Symbolen aus. Heilkundige konnten bereits diverse Verletzungen versorgen und die ersten Götter zogen ins Denken der Menschen ein. Die Sonne hatte den größten Stellenwert. Sie brauchten außerdem einen Gott der Jagd, des Feuers, der Fruchtbarkeit, des Schutzes und der Mutter Erde und noch weitere kamen hinzu. Es waren deren viele. Man musste sie gnädig stimmen, sie anrufen, zu ihnen beten und auch um Hilfe bitten. Stellten sich Misserfolge ein, hatte man sie zu wenig beachtet oder zu wenig Opfer gebracht. Einfacher war es, einen Schuldigen zu finden, der wider die Götter gesündigt hatte. Dieser eignete sich bestens als Opfer, um die Geister und Götter zu besänftigen. Also wurden Vermittler benötigt, die die Gabe besaßen, Harmonie zwischen den Menschen und der Götterwelt herzustellen und aus den Heilkundigen wurden Schamanen. Aber da gab es auch Machtanspruch und Zwietracht, Neid und Intrigen. Der Anspruch des Stammesführers und des von den Göttern Berufenen wetteiferten miteinander. Die Saat des Bösen hielt Einzug in die Geschichte.

Die Menschen hatten sich weiterentwickelt, vermehrt und große Teile der Kontinente besiedelt. Noch immer standen sie im Kampf ums Überleben gegen Naturgewalten und klimatischen Veränderungen. Noch war der Globus in ständiger Bewegung. Große Eiszeiten lösten kleinere ab. Und so begannen die Wanderungen. Aber Aonghus sah auch Neues. Der Geister- und Götterglaube war nun fester Bestandteil der Menschheit, es wurde kräftig geopfert und nicht immer waren es die Früchte der Natur, auch Menschenopfer wurden dargebracht. Und da man die eigene Gemeinschaft nicht schwächen wollte, bediente man sich dafür vorwiegend der Feinde, die man bezwungen hatte. Die nötigen Ressourcen, die einem Stamm oder Volk das Überleben sicherten, stahl man gerne von anderen. So hielten Krieg, Raub und Versklavung Einzug in die Menschheitsgeschichte. Das Vergewaltigen der Frauen war wurde festes Ritual der Sieger. Frauen und Kinder nahm man gefangen und assimilierte sie. Sklaverei gehörte schnell zum Alltag, zum Überlebenskampf und zur Existenzsicherung.

Mit Schrecken verfolgte Aonghus eine bestimmte Entwicklung: In einigen Kulturen wurden die Feinde verspeist. In erster Linie ging es nicht um Hunger, sondern darum, dessen Kraft in sich aufzunehmen. Das Sammeln von Trophäen erlegter Tiere gab es schon immer, das der menschlichen Feinde wurde später auch kultiviert. Man schlug ihnen die Köpfe ab und schrumpfte sie. Der Ekto-Kannibalismus dagegen hatte zum Ziel, die Toten des Stammes in sich aufzunehmen, damit sie in der Gemeinschaft verblieben. Zu diesem Zwecke wurden sie verbrannt, die Asche mit gestampftem Bananenbrei verrührt und von der Dorfgemeinschaft gegessen.

Aonghus' Ungläubigkeit nahm kein Ende. Was er sah, war die permanente Angst vor Überfällen, Tod und Versklavung durch andere. Und da sich in jedem Clan, Stamm oder Volk eine eigene Kultur entwickelte, entstand auch Andersartigkeit und Vielfalt. Geister,

Götter und rituelle Kulthandlungen entwickelten sich getrennt voneinander, was zur Bekämpfung der Andersgläubigen führte, was wiederum zur Legitimation beitrug, diese auszurauben, zu töten oder zu versklaven.

Mit Klarheit erkannte er: Der Grundstein zur Entwicklung von Fremdenfeindlichkeit, Rassenhass oder Andersgläubigkeit war elementarer Bestandteil des archaischen Erbes. Langsam erhielt er Antworten auf seine Fragen und sie gefielen ihm nicht. Die Menschen besaßen ein hohes Aggressionspotenzial …

Er ließ seinen Geist weiter ausholen. Wo waren das Gute, die Tugenden? Mitgefühl, Verständnis, Mitleid, Trauer oder gar so etwas wie Empathie für den Nächsten oder gar für Andersdenkende und Andersgläubige? Vielleicht für einen anderen Kulturkreis?

Während er in den Sphären der Vergangenheit dahinglitt, sah er eine Mutter, die ihr Kind liebevoll umsorgte, es nährte, reinigte und warmhielt. Liebe, Zuneigung, Fürsorge und auch Trauer erkannte er. Verletzte sich jemand oder starb, war da Empathie. An den Feuern wurde musiziert, getrommelt. Singsang, Freude und Gelächter erfüllte die Behausungen.

Doch da war noch mehr: Starb jemand, trauerten alle um das verlorene Mitglied der Gemeinschaft. Aonghus erkannte die Anfänge eines Totenkultes. Grabbeigaben und Begräbnisstätten entwickelten sich in jedem Kulturkreis unterschiedlich. Vom einfachen Erdhügel bis hin zu Monumenten reichte die Palette. Je wichtiger die Persönlichkeit des Verstorbenen, umso pompöser die Grabanlage. Da war bereits die Kunst: Es wurde Schmuck hergestellt; Waffen verziert und manche Künstler verewigten ihr Werk an den Wänden von Höhlen oder Felsen.

Bei all dem Guten sah man auch die Enttäuschung in den Gesichtern der Menschen, wenn ein Mädchen geboren wurde. Es war wichtig für den Stamm, da jedes neue Mitglied seine Existenz sicherte, aber es wurden zukünftige Jäger und Krieger bevorzugt. In diesem Kontext sahen sich die Frauen einem ständigen Zwiespalt ausgesetzt. Sie hatten eine Funktion zu erfüllen und daran wurde ihre Wertigkeit für die Gemeinschaft gemessen. Ihre Existenzberechtigung reduzierte sich aufs Feuermachen, Essen kochen, Kinder gebären und diese großziehen.

Jahrtausend altes Territorialverhalten wurde fest in den Genen verankert. Es gab Zeiten der Freude und des Überflusses, aber auch des Mangels und der Angst. Die Sterblichkeit der Frauen und der Kinder war groß. Der Kampf gegen die Elemente, Hunger und Krankheiten forderte ihren Tribut. Gutes und Böses entwickelte sich parallel. Gesellschaften bildete Untergruppen, die auswanderten und eigene Territorien besiedelten. Diese wurden gegen Außenstehende bis aufs Blut verteidigt. Schweißte anfangs des Überlebenskampfs die Gemeinschaft zusammen, entstand der Wunsch Einzelner, sich über diese zu erheben und sie beherrschen zu wollen. Den von der Gemeinschaft bestimmten Führern standen auch machthungrige Individuen gegenüber. Das Gefühl, über andere herrschen zu können, war wie eine Droge. Aonghus erkannte den Punkt, an dem der Grundstein für Neid gelegt wurde. Missgunst war eine Begleiterscheinung. Die Möglichkeit über andere herrschen zu können, implizierte Konflikte. Hatte eine Gesellschaft eine bestimmte Größe erreicht und war nicht mehr in der Lage alle zu ernähren, trennte man sich. Neue Gruppen entstanden und verstreuten sich in alle Himmelsrichtungen. Um eine Gesellschaft stabil zu halten, errechnete man die Ressourcen und begrenzte notfalls die Bevölkerungszahl, wofür sich Kriege hervorragend eigneten.

War das seine Spezies? Die selbst ernannte Krone der Schöpfung? *Du musst weiter sehen, um zu verstehen,* drängte sich die fremde Entität in sein Bewusstsein. *Verstehe ...!*

Jahrtausende vergingen, währenddessen sich die Menschheit aus-
breitete, weiterentwickelte und Hochkulturen entstanden. Es gab
viele verschiedene Rassen, Religionen, Riten und Totenkulte. Die
Menschen errichteten Monumente und jede Kultur hatte dafür eigene Gründe.

Aonghus' Geist erhob sich erneut und sah, wie Kulturen verschwanden und neue Zivilisationen entstanden. Sie unterschieden
sich voneinander. Die Zeit der Jäger und Sammler war längst vorbei. Er begleitete ihre Entwicklung auf dem Weg zum modernen
Menschen und fragte sich, ob sich die Menschheit zum Guten entwickelte. Sprang in der Zeit zurück und in seinem Bewusstsein füg-
ten sich die Fragmente zusammen und formulierten eine Aufgabe.
Noch brauchte er die Zeitgeschichte, um das große Ganze verstehen
und seinen Auftrag erfüllen zu können. Der Splitter fremden Bewusstseins in ihm breitete sich immer weiter aus, trieb ihn voran:
Du wirst es ändern ...!

Während er sich geborgen und in Sicherheit seinen wenigen
Erkenntnissen hingab, befiel Aonghus Angst: Suchte er nach der
Wahrheit? Und was wäre die Wahrheit? Äonen der Menschheitsgeschichte hatte er bereits durchstreift und die Entwicklung seiner
Spezies begleitet. Er stellte Überlegungen an: Wenn die klimatischen Verhältnisse auf dem Planeten sich änderten, es wärmer
werden würde und der tägliche Überlebenskampf entfiele, könnte
sich der Mensch dann ebenfalls ändern? Und da war noch eine
Frage, die er nicht verstand: *Würden die anderen eine neue Heimat
finden?* Wie ein Funke blitzte der Gedanke kurz auf, aber so
schnell er da war, verschwand er auch wieder und hinterließ in
Aonghus nur eine Lücke, die er zwar erkannte, aber nicht füllen
konnte.

Hunderttausende von Generationen wuchsen heran und mit jeder neuen schwand Aonghus' Hoffnung, etwas Gutes in ihnen zu finden. Bei dem einen oder anderen Individuum war Gutes vorhanden, aber nicht bei Völkern. Warum kam es immer wieder zu grausamen Exzessen? Es musste einen Grund geben, weshalb die Menschen nichts aus ihrer Geschichte lernten.

So viel Böses machte ihm Angst. Mutlosigkeit drohte ihn zu be fallen. *Du wirst das Große und Ganze bald verstehen, lernen und begreifen. Dann bereitest du alles vor*, drängte sich der Gedanke in sein Bewusstsein.

Aonghus wuchs schnell, doch er blieb für seine Eltern blind und auch stumm, denn er brauchte keine Sprache. Dass er trotzdem sehen und kommunizieren konnte, verstanden seine Eltern nur sehr langsam.

Als sie das erste Mal seine Stimme in ihren Köpfen vernahmen, erschraken sie zutiefst. Behutsam ließ er Fragmente seines Bewusstseins in die ihren einfließen und formte die ersten Worte. Anfangs noch undeutlich, einem Stammeln gleich, doch rasch klarer werdend, bis sie ihren Sohn verstanden. Klar und deutlich vernahmen sie seine Stimme in ihrem Geist, doch nicht die eines Kindes, sondern die eines Erwachsenen. Ihre ursprüngliche Verwirrung wich bald grenzenloser Freude, als er ihnen erklärte einfach nur anders zu sein, sehen und verstehen zu können. Nach kurzer Zeit hatten sie sich daran gewöhnt und machte ihr gemeinsames Leben zu etwas Außergewöhnlichem, voller Harmonie, Liebe und Friedfertigkeit. Ihre Ängste und Sorgen verschwanden und wichen großer Fröhlichkeit. Er verstand ihre Annahme, dass er nur zum Teil von dieser Welt war. Nach dem *Woher* fragten sie nicht.

Mit atemberaubender Geschwindigkeit reifte Aonghus zu einem jungen Mann heran. So wurden seine Eltern um seine Kindheit betrogen, doch sie verstanden, dass er eine größere Aufgabe zu erledigen hatte. Sie glaubten, er wollte der Menschheit das Gute und Hoffnung bringen, wäre der neue Heiland. Er brauchte ja auch keine Nahrung zu sich nehmen, wie er ihnen schon früh mitgeteilt hatte, denn seine Zellen ernährten sich von der allgegenwärtigen kosmischen Energie, die die Menschheit technisch noch nicht fassen konnte. Es dauerte etwas, bis seine Eltern das begriffen. Er war eben anders und trotzdem ihr geliebter Sohn.

Tagsüber half er nun auf dem Feld, wo Gemüse angebaut wurde. Die Ernte verkauften sie in der nahegelegenen Stadt und sicherte dadurch ihren Lebensunterhalt. Manchmal nahm ihn Vater mit auf den Wochenmarkt, wobei er ihn stets an der Hand hielt. An der Hand seines Vaters konnte er in den Gedanken der Menschen lesen, vieles davon gefiel ihm nicht. Er war dann immer froh, wieder zu Hause zu sein. Gab es nichts zu tun, setzte Aonghus sich vor dem Haus auf die Bank und genoss die wärmenden Sonnenstrahlen. Seine Eltern kannten diese Momente. Sie wussten, dass seine leeren Augen nicht blind waren, sondern die Zeitalter durchstreiften. Was er sah, würde ihr Vorstellungsvermögen übersteigen. Aber sie konnten dabei stets seine Traurigkeit spüren …

Er untersuchte mühsam die letzten Jahrhunderte, sah viele Kulturen, auch gefestigte Zivilisationen mit Millionen von Menschen. Viele davon hatten riesige Denkmäler errichtet, um ihren Göttern zu huldigen oder ihnen Opfergaben darzubringen. Andere wiederum schufen sich Denkmäler für ihr Leben nach dem Tod. Da gab es große Herrscher, Fürsten, Könige – ihre Macht gründete sich auf die Unterdrückung und Ausbeutung des Volkes. Soldaten und Priester waren die Instrumente ihres Machterhalts. Manchmal ging eine Zivilisation unter, nicht immer durch Krieg, auch durch Klimawandel oder Naturkatastrophen. Die Menschen verließen ihre Städte und zurückblieben die steinernen Monumente. Sie fielen erst dem Vergessen der Geschichte anheim, um später ausgegraben und zu Touristenzentren gemacht zu werden. Große Religionen entstanden und führten erbarmungslose Kriege. Krieg war stets die alles durchdringende Konstante der menschlichen Entwicklung. Stets ging es um Macht. Ausbeutung, Unterdrückung, und Verfolgung schlossen sich an. Die Erbarmungslosigkeit, mit der diese Kriege geführt wurden, machten Aonghus fassungslos. Die Fähigkeit der Menschen zu foltern verwirrte ihn. Da waren immer einzelnen Individuen, die aus niederen Beweggründen quälten, folterten und töteten. Diebstahl, Raub, Mord und Vergewaltigung waren an der Tagesordnung. Es hatte sich seit den Anfängen der Menschheit nichts geändert, nur die Art und die Dimensionen. Das Blut Hundertertausender Gefallener tränkte die Schlachtfelder der Geschichte. Je moderner die Waffen, umso effektiver das Töten. Die Gründe blieben die gleichen.

Aonghus innerer Blick schweifte über das Tal, hinunter zu dem kleinen Flüsschen, das sich als silbernes Band durch die Talsohle schlängelte. Die Wiesen zeigten sich in sattem Grün, in dem die Blumen sich im Wind wiegten. Auf den Weiden graste das Vieh und Getreidefelder leuchteten in goldenem Gelb. Unten im Dorf ging das Leben seinen gemächlichen Gang.

Die ihn umgebende Idylle entschädigte ihn für all das Schlimme, das zuvor sein Bewusstsein gemartert hatte.

Er trat in die Hütte. Vater und Mutter aßen zu Mittag. Es war ein einfaches und karges Mahl; Kartoffelsuppe und selbst gebackenes Brot. Mehr brauchten sie nicht.

»Vater, kannst du mir sagen, warum die Menschheitsgeschichte mit so viel Blut getränkt ist? All die Jahrmillionen und Jahrtausende haben sie nicht gelernt sich friedlich weiterzuentwickeln.«

Sein Vater hielt inne, als er die Stimme seines Sohnes im Kopf vernahm. Er blickte von seinem Teller auf und sah einen zutiefst traurigen jungen Mann, der verlegen und erwartungsvoll dastand.

»Ach Junge«, seufzte er, »den Menschen fehlen der Glaube und die Barmherzigkeit für die Mitmenschen und übrigen Geschöpfe dieser Erde. In ihnen wohnen das Gute und auch das Böse und Gott hat jedem einen freien Willen gegeben, sich für das eine oder das andere zu entscheiden.«

»Aber das kann doch nicht der Grund dafür sein, dass so viele Menschen Böses tun«, entgegnete Aonghus.

»Weißt du, Junge, manche behaupten, dass der Mensch von Grund auf verdorben ist. Ich glaube aber, dass es für den Einzelnen viel schwieriger ist, ein guter Mensch zu sein, sodass es leichter ist sich dem Bösen zuzuwenden.«

Seine Mutter wandte ein: »Es sind die Gottlosigkeit und die Gier nach immer mehr, was sie antreibt, mein Junge. Die Menschheit wird noch einmal ein böses Ende nehmen.« Sie stand auf und stellte sich vor ihn. »Du wirst etwas ändern, Aonghus. Ich weiß das ganz sicher, weil du etwas Besonderes bist. Ich fühle eine Kraft in dir, die nicht von dieser Welt ist.« Sie streichelte ihm übers Haar. »Ich weiß nicht, wer oder was du bist, nur eines: dass wir dich immer lieben werden.« Sie küsste ihn auf die Wange.

Sein Vater sah kurz auf. »Mutter hat recht. Auch ich spüre, dass du einer Bestimmung folgst. Etwas lebt in dir, das dich verändert. Es will, dass du lernst. Wofür, das weiß ich allerdings nicht.« Er wischte sich mit einem Tuch den Mund ab. »Aber es wird etwas Gutes für die Menschen sein, da bin ich guten Mutes.«

»Ihr habt vielleicht recht. Ich weiß selbst noch nicht, was meine Bestimmung ist. Nur dass die Stimme in mir immer drängender wird. Ich soll lernen.«

Wieder auf der Bank sitzend, knüpfte Aonghus' Geist an die letzten Erinnerungen an und er sah Hoffnung, als sich große Weltreligionen etablierten, die die Nächstenliebe in den Fokus stellten und die Grundlagen der Sozialisation legten, indem sie in Gottes Namen Regeln aufstellten. Ihre Priester verkündeten das Heil für alle, die ihren Lehren folgten. Und das waren viele. Aber auch diese großen Religionen splitterten sich auf und neue Glaubensrichtungen entstanden. Jede nahm für sich in Anspruch, die einzig wahre zu sein, und da die Menschheit nichts anderes kannte, grenzte man Andersgläubige wie üblich aus, verfolgte oder tötete sie. Da waren aber auch einige selbstlose und sich für andere aufopfernde Individuen zu finden, insbesondere jene, welche im Namen ihrer Religionen Großartiges für ihre Mitmenschen leisteten. Gemäß ihrem Glaubenscredo setzten sie sich gegen die Herrschenden ein, bildeten Gemeinschaften und ganze Institutionen der Nächstenliebe, Hilfsbereitschaft und Brüderlichkeit. Manch einer widmete sein ganzes Leben der Hilfsbereitschaft und Wohltätigkeit. Vereine und karitative Einrichtungen etablierten sich.

Seine Mutlosigkeit bedrückte Aonghus noch immer. Mehr denn je, wenn er sah, wie ganze Völker ausgelöscht wurden. Manchmal wurde auch ein ganzer Kontinent von seinen bisherigen Bewohnern *gesäubert,* um das Land mit all seinen Ressourcen für sich zu beanspruchen. Was war es, was die Menschen antrieb, sich ständig gegenseitig zu bekriegen? War die gesamte Menschheit durchweg schlecht und verdorben? Warum hatte es so lange gedauert, bis man den unmenschlichen Sklavenhandel endlich abgeschafft hatte?

Aonghus zog sich ins Hier und Jetzt zurück. Die Erkenntnis, etwas ändern zu müssen, reifte in ihm und wurde unmerklich zur Obsession. Da war ein Funke in ihm. Der Wind spielte mit seinen Haaren und die Luft war erfüllt vom Zwitschern der Vögel und dem Summen der Insekten. Heiß brannte die Sonne hernieder, während er auf seiner Bank saß. Getreidefelder wiegten sich im Wind. Drinnen klapperte Mutter mit dem Geschirr; Vater war auf dem Feld. Das kleine Haus stand auf einem Hügel, umgeben von Wiesen und Weiden, kleine Wäldchen lockerten die Landschaft auf. Die kleine Insel, umgeben vom Ozean, war nicht nur für ihr Grün bekannt; schon seit Jahrhunderten umgab sie etwas Mystisches. Überall fanden sich Zeugen der Vergangenheit. Sagen und Legenden rankten sich durch die Zeit; Abenteuerliches erzählte man sich.

Es fühlte sich an wie ein Aha-Erlebnis! Einzelne Fragmente seines Bewusstseins lösten sich, verharrten im Äther. Das war neu – welche Möglichkeiten eröffneten sich ihm dadurch?

Du kannst dich mit dem Bewusstsein anderer Individuen vereinen, vernahm er die Entität, *wirst wissen was sie denken, fühlen. Du kannst sie beeinflussen. Aber auch wieder zurückziehen ist dir möglich.* Es wurde still in seinem Kopf. Die Stimme schwieg.

Aonghus hatte das erste Mal das Gefühl, nicht alleine zu sein. Er hörte tief in sich hinein, suchte nach der Stimme aus seinem Inneren. »Wer bist du?«, fragte er. »Hast du mich so gemacht, wie ich bin? Woher kommst du?« Er lauschte in sich hinein, aber die Stimme schwieg.

Was er spürte war die fremde Entität, die sein Bewusstsein durchdrungen hatte und ihm diese unglaubliche Fähigkeit verlieh. Sein Geist war nicht mehr an Raum und Zeit gebunden. Er war in der Lage, in die Herzen der Menschen und ihren Geist die Saat des Guten auszubringen. Und mit Gewissheit erkannte er, dass das sein Auftrag war. Das böse würde sich in Gutes verwandeln und den Boden bereiten für … Für was? Er erinnerte sich, dass er lernen musste, um das große Ganze begreifen zu können …

Aonghus glaubte einen Hoffnungsschimmer am Horizont zu sehen. Das Zeitalter der Industrialisierung sollte den Menschen Fortschritt bringen. Die bisher bäuerlich geprägte Kultur wurde langsam abgelöst von Verstädterung; Fortschritte in der Medizin und die Erfindung von Maschinen hielten Einzug. Nicht mehr die Produktion von Nahrungsmitteln, die den Feudalherren ihre Herrschaften sicherten, sondern die Produktion von Werkzeugen und Gerätschaften in den Städten, damit einhergehend der Handel, brachte Veränderung. Handelsgesellschaften waren im Entstehen. Die Menschen kamen mit dieser rasanten Entwicklung nicht mit. Diese führte nicht nur zu Reichtum und Verbesserung der Lebensgrundlagen bei den einen, sondern auch zu Armut und Abhängigkeiten bei den anderen. Rebellionen, Aufstände und der Ruf nach Freiheit brachten die Massen auf die Barrikaden. Anstatt Wohlstand für viele zu erwirtschaften, verwendete man das neue Wissen für den Bau mächtiger Kriegsmaschinen; die Völker begannen sich mal wieder erbarmungslos zu bekämpfen. Das waren keine kleinen Kriege mehr, sondern sie überzogen den gesamten Globus. Erst waren es wieder Kaiser- und Königshäuser mit ihrem Absolutismus, die Millionen von Menschen aus egoistischen Beweggründen aufeinanderhetzten. Neben einer verqueren Ideologie und rassistischen Gedankengutes wurde bald darauf ein weiterer Krieg entfesselt, der die Welt erneut in Brand setzte. Ein ganzes Volk sollte ausgelöscht werden, aber nicht einfach so, sondern industriell sollte der Massenmord erfolgen.

Aonghus schauderte, als sein Geist diese Zeit durchstreifte. Millionen und Abermillionen Menschen bekriegten sich in einem erbarmungslosen Kampf der Völker. Die Entwicklungsgeschichte der Menschheit war erneut mit Blut getränkt.

Das industrielle Zeitalter begann und der Fortschritt löste den alten Sklavenhandel ab, ersetzte ihn durch einen moderneren. Der Einzelne wurde zum Arbeitssklaven der Mächtigen und Reichen.

Auch hier sah Aonghus unendliches Leid und Elend in den Fabriken, Bergwerken und auf den Feldern. Die Mächtigen wurden immer reicher. Die Ausbeutung der menschlichen Arbeitskraft schaffte nicht nur Wohlstand bei den einen, sondern führte auch zu sozialem Elend bei den anderen.

Aonghus versuchte zu verstehen, warum die Menschheit sich seit Jahrtausenden bekriegte und niemals zur Vernunft kam. Da war eine böse Saat, die beim geringsten Anlass aufzugehen begann. Und was war mit dem Individuum? Es machte keinen Unterschied, denn immer wurde alles Böse oder Gute durch einen Einzelnen ausgelöst. Nein, mit dem Verstand war das nicht mehr zu erklären. Und da er nun in der Gegenwart angekommen war, überlegte er, ob er seiner Aufgabe überhaupt gewachsen sei. Er hörte ganz tief in sich hinein. Es erschien noch zu früh … wenn er noch etwas blieb, fand er vielleicht heraus, was den Einzelnen antrieb, so viel Böses zu tun? Er war ein Suchender; wollte in die Seelen blicken; erforschen, erfahren und vergleichen und dann nach Lösungen suchen.

Es machte ihn zornig, dass das *andere* in ihm schwieg. Er wusste, dass es da war. »Ich werde nicht weitermachen! Du hast gesagt, dass du mir helfen wirst! Sag‘ mir: Wobei? Ich habe bereits so viel gesehen und gelernt, jetzt will ich wissen wofür das Ganze sein soll!«

Das Schweigen in ihm empfand er als unerträglich. Er stand auf und begab sich ins Haus. »Vater! Mutter!«, rief er. »Ich weiß nun, dass ich für etwas Bestimmtes geschaffen wurde. Ich bin nicht allein. Etwas Fremdes lebt in mir und beeinflusst mich.«

Seine Mutter spülte gerade Geschirr. Der Vater saß im Lehnstuhl und rauchte seine Pfeife. »Du hörst Gottes Stimme, Aonghus. Warum macht dir das Angst?«, fragte er. »Gottes Wege sind unerforschlich. Was schreckt dich, mein Junge?«

»Nein, nein, Vater, das hat mit Gott nichts zu tun. Es ist eine fremde Präsenz, die in mir ist. Sie steuert mich, lässt mich Dinge sehen und tun, die einem normalen Menschen niemals möglich wären. Sie spricht mit mir. Nur wenn ich sie brauche, schweigt sie.«

»Das musst du akzeptieren, Junge, denn Gottes Wege sind und bleiben unerforschlich. Was du in deinem Inneren hörst, ist seine Stimme. Folge ihr«, meinte seine Mutter.

Hier kam er offensichtlich nicht weiter. So lieb er seine Eltern hatte, so wenig hilfreich waren sie. Sie waren zu einfach strukturiert, um das Problem zu erkennen. Ihre Welt war einfach zu klein für ihn, der die Zeitalter durchstreifen, in die Herzen der Menschen schauen konnte.

Er ging hinaus und setzte sich wieder auf die Bank. »Wenn du weiterhin schweigst, werde ich eben lernen. Aber …«

Noch einmal sandte er seinen Geist aus …

Wenn er dachte, den einzelnen Menschen zu finden, fand er die kollektive Sehnsucht auf der Suche nach dem Warum und Wohin. Jedes Individuum benötigte Antworten, warum und weshalb es auf dieser Welt lebte und was danach kommen würde. Antworten fanden sich in der jeweiligen Religion. Sie erklärten das Mysterium des Unerklärlichen, gaben Halt und Sicherheit für alles, was sie im täglichen Kampf ums Überleben zu ertragen im Stande waren. Es machte sie zu willfährigen Opfern einer Überlebensstrategie, denn am Ende stand die Hoffnung, dass ihr Leben nicht sinnlos war. Manche der großen Weltreligionen gaben ihnen die Hoffnungen auf ein Leben danach, andere vermittelten nur, dass es göttlich sei, wenn sie ein wohlgefälliges Dasein führten. Er sah neben den kleineren Glaubensgemeinschaften die großen Weltreligionen. Einige davon waren monotheistisch, andere polytheistisch und der Buddhismus gab nur Richtlinien für ein wohlgefälliges Leben im Hier und Jetzt. Jede Religion hatte großartige Ansätze, den Menschen zu etwas Gutem zu motivieren. Bei den meisten begründete sich deren Macht auf den Totenkult und damit einhergehend auf das Leben nach dem Tode, denn kein Mensch wollte sterben und ins absolute Vergessen versinken. Religionen vermittelten ein *Leben danach* und wurden so zu einer allumfassenden Macht für den Einzelnen. Missbrauch war vorprogrammiert.

Und wieder schweifte sein Geist über die Schlachtfelder und sah all die millionenfachen Toten, die im Namen des einen oder anderen Gottes ihr Leben ließen. Wie konnte man im Namen eines Gottes Andersgläubige massakrieren? Doch es gab ja nicht nur Religionen, die Menschen dazu brachten, sich gegenseitig zu töten. Da waren immer noch die mächtigen Herrscherhäuser auf allen Kontinenten, die millionenfach Tod und Verderben über ihre Länder brachten. Stets ging es um Macht oder Erweiterung ihres Herrschaftsbereiches. Oder Ideologien, die so entarteten, dass auch sie die Menschen ins Verderben trieben. Insbesondere die großen Revolutionen vor und nach den Weltkriegen, die den Menschen ein besseres Leben versprachen, mutierten und brachten Zwangsarbeit, Armut und letztlich den Hungertod. Nur den Herrschenden ging es gut, denn der einzelne Mensch galt ihnen nichts. Ihre Taten waren an Grausamkeiten nicht zu überbieten.

Aonghus erschrak darüber, wie sich der einzelne Mensch von seinen niedersten Instinkten leiten ließ, sobald er die Möglichkeit dafür hatte. Kein Tier war in der Lage, solche Grausamkeiten zu entwickeln, nur beim Menschen erkannte er die Lust am Töten, die Fähigkeit, am Quälen oder Töten eines Mitmenschen oder einer Kreatur Freude, Genugtuung oder Befriedigung zu empfinden.

Die Ursache war wohl in der Entwicklungsgeschichte der Menschheit zu suchen. Das Gute ohne das Böse gab es nicht. Ebenso wenig wie Reichtum ohne Armut oder Herrscher ohne Beherrschte. Stets waren beide Optionen vorhanden. Die Umstände förderten jeweils das eine oder andere zutage. Zu trennen war es auf keinen Fall. Der Mensch würde immer und für alle Zeiten mit diesem Makel behaftet sein. Er erkannte, dass nur eine stabile, soziale Gesellschaftsordnung dem Bösen im Individuum etwas entgegenzusetzen hatte.

Aonghus ging es nicht mehr darum, nur zu begreifen. Er brauchte nun eine Strategie, eine Lösung. In den modernen Industrienationen starben die Babys nicht mehr so früh und wuchsen in relativer Gesundheit heran. Die Mütter starben nicht mehr im Kindbett und Impfungen hielten Epidemien weiterstgehend unter Kontrolle. Der medizinische Fortschritt explodierte förmlich. Ein Großteil der Menschheit machte einen enormen Entwicklungssprung, während für einige andere die Zeit stehenblieb.

Noch immer mordete man aus ethnischen Gründen, massakrierte aus Machtgelüsten heraus und die Genitalverstümmelung von jungen Mädchen hielt sich auch in der Gegenwart hartnäckig. Als sich die Kolonialmächte aus den von ihnen unterworfenen Gebieten zurückzogen, hinterließen sie oft ein Chaos der Verunsicherung, Mut- und Hilflosigkeit der Massen. Damit öffneten sie Tür und Tor für künftige Potentaten. Dieses postkoloniale Zeitalter förderte oft eine dynastische Kultur, die die Menschen in wirtschaftliche Versklavung führte. Trotzdem sich die ehemaligen Kolonialherren zurückgezogen hatten, beuteten sie über diese Mittelsmänner in hohen Positionen weiterhin diese Länder aus, ohne direkt dafür verantwortlich gemacht werden zu können.

Aonghus untersuchte den Kulturkreis seiner Eltern genauer, das Volk der Insel, auf der er geboren wurde. Hier sah er junge Menschen, die frühere Götzen jetzt durch menschliche Idole ersetzt hatten. Mode und Musik waren die neuen Werte, die Ethik, Moral, Mitgefühl oder Nächstenliebe vermittelten. Die Freiheit des Einzelnen und das Propagieren eines grenzenlosen Individualismus schufen eine neue Kultur, in der die alten Werte keinen Platz mehr fanden. Das Informationszeitalter hatte Einzug gehalten. Aonghus schauderte, denn er erkannte, was die digitale Revolution bringen konnte.

Nun begann er zu verstehen. Seine blicklosen Augen in die Ferne gerichtet, versuchte er nun, *das andere* herauszufordern: »Ich habe vieles gesehen und vieles gelernt. Ist es nicht bald genug? Was willst du von mir? Wer bist du?«

Das Schweigen zog sich in die Länge und als er dachte, dass das so bliebe, vernahm er die Stimme plötzlich, sie hallte in seinen ganzen Kopf wider: *Mein Name ist Maa´Tir. Ich bin Teil eines Ganzen und habe dir geholfen zu dem zu werden, was du heute bist. Bereits vor deiner Geburt verhalf ich dir zu deinen besonderen Fähigkeiten. Du hast eine Aufgabe.*

»Dass ich anders bin, weiß ich bereits. Aber was bist du und was ist meine Aufgabe?«

Was ich bin, kann ich dir sagen. Ich bin Teil einer außerirdischen Intelligenz. Mein Volk besitzt keine Körper. Wir existieren als reine Energie und wir beide leben in Symbiose miteinander. Man hat mich hierhergeschickt, um dich vorzubereiten. Jetzt sind wir eins.

Zorn stieg in Aonghus hoch. Mit welchem Recht durften sie in seine Entwicklung eingreifen und ihn dermaßen verändern? Sicher, er besaß nun übermenschliche Fähigkeiten, aber wozu? »Was hat es mit dieser Aufgabe auf sich, die ich erfüllen soll? Wenn ihr so intelligent seid, hättet ihr das doch selbst machen können!«

Du musst sehen und lernen. Am Ende wirst du wissen, was deine Aufgabe ist. Aber ich werde dir dabei helfen, denn ich bin auch ein Teil von dir. Mehr kann ich dir nicht sagen. Maa´Tir schwieg …

Die Menschheit hatte einen Wandel erfahren. Ethisch-moralische Ansätze hatten sich nicht ausreichend durchsetzen können. Die Gier nach Reichtum und Macht überwog immer noch. Industriemagnaten, Militärs und Banken ordneten ihr Handeln nicht der Menschlichkeit unter, sondern ausschließlich der Gewinnmaximierung. Sie beherrschten den Welthandel und kontrollierten die Politik. Spekulanten bestimmten die Weltmarktpreise, während die Drittländer ausgebeutet wurden und in Armut verharrten. Diktatoren armer Länder verstärkten das Elend noch weiter, indem sie die Reichtümer ihrer Länder für persönliche Vorteile an die Konzerne verschleuderten. Sie erhielten viel Geld, während die Menschen in ihrem Land verhungerten. Korruption beherrschte alles und jeden. Hungersnöte, Epidemien, Seuchen, Umweltverschmutzung und klimatische Veränderungen destabilisierten ganze Kontinente. Religiös und ethnisch motivierte Randgruppen bewaffneten sich und brachten Tod und Elend über ganze Volksgruppen. Die Grausamkeit überstieg jedes Vorstellungsvermögen, während die restliche Welt desinteressiert zuschaute. Ein halbes Hundert bewaffneter Konflikte wurden täglich ausgefochten. Versuche verschiedener Institutionen zu helfen, standen Macht- und Wirtschaftsinteressen gegenüber, die Erfolge aussichtslos machten. Die Weltgemeinschaft versuchte das größte Leid zu mindern. Man gründete zwar die Vereinten Nationen, die Weltgesundheitsorganisation und Hilfswerke, gleichzeitig aber auch die Welthandelsorganisation, die die Interessen der Konzerne schützte. Wenn etwas gegen die Ungerechtigkeit in der Welt getan wurde, war es stets nur ein Tropfen auf dem heißen Stein.

Langsam reifte in Aonghus eine Erkenntnis heran. Die Grausamkeit und Bösartigkeit vieler Menschen war auf ihr archaisches Erbe zurückzuführen. Fragmente evolutionärer Entwicklung, die sie in sich trugen und die immer noch zum Tragen kamen, fanden im Alltag ständige Anwendung. Hass, Unterdrückung und das ewige Streben nach Macht waren seit Jahrtausenden Bestandteil vieler Kulturen und Zivilisationen. Dennoch war die kollektive menschliche Psyche nicht gereift und noch immer so anfällig für all das Böse in der Welt, wie vor Tausenden von Jahren. Es war offenbar aussichtslos. Seine Spezies war mit Aggressivität durchtränkt und würde sich niemals ändern.

Hatte diese Erkenntnis etwas mit seiner Aufgabe zu tun? Würden seine Bemühungen womöglich von Erfolg gekrönt sein? War er dazu ausersehen, die Menschen zu ändern.

Während er darüber nachdachte, kam er zu dem Schluss, dass der Abstieg der menschlichen Spezies bereits begonnen hatte, die Evolution den Untergang der Menschheit einläutete, beginnend mit der schleichenden Degeneration des Individuums. Hatte man ihn deswegen mit diesen Fähigkeiten ausgestattet?

Aonghus verfügte über die Gabe, seinen Geist zu fragmentieren und Splitter davon, angefüllt mit dem Keim des Guten, in die Welt auszusenden. Sogar in die Herzen der Menschen konnte er sehen; auch ihre Gedanken lesen. Ja, er war in der Lage etwas zu verändern. Nicht die ganze Welt, doch den Einzelnen. Man musste ihn nur erreichen, in die destruktive Psyche eindringen und die Saat ausbringen …

Jetzt wusste Aonghus, was seine Bestimmung war. Die *anderen* hatten ihm einen Auftrag erteilt und Maa´Tir das Rüstzeug geliefert; er konnte beginnen. Zu diesem Zwecke musste er über die Psyche des Menschen aber noch mehr herausfinden.

Er vergegenwärtige sich das 21. Jahrhundert. Täglich starben in den sogenannten Entwicklungsländern Tausende an Hunger und Krankheiten. Aber da waren auch Kinder, die nach Bildung hungerten. Oft war der Weg zur Schule mühselig und viele Kilometer entfernt. Zu Hause gab es meistens keinen Fernseher, Handy und Internet waren Fremdworte. Nach dem Unterricht halfen die Kinder beim täglichen Überlebenskampf ihrer Familien. Ihre Kleidung bestand aus dem, was sich die Familie leisten konnte. In einigen Kulturen galt Kinderreichtum immer noch als Altersversorgung der Eltern, weil es keine anderen Lösungen gab.

Aber auch in industrialisierten Ländern gab es große Defizite. So verfügte Indien zwar über Atomwaffen, aber weibliche Nachkommen waren nach wie vor ein Unglück für die Familie. Wollte man sie später verheiraten, musste man Unsummen an Aussteuer aufbringen. Also trieb man sie ab, verkaufte sie an Reiche oder Bordelle oder brachte sie einfach um. Die Regierung steuerte dagegen, aber trotzdem wurden in den letzten Jahrzehnten mehr als zwölf Millionen weibliche Föten abgetrieben. Auch das Verbot der Witwenverbrennungen wird weiterhin umgangen. Schwer zu verstehen war für Aonghus das Kastensystem oder das Mästen von Ratten in Tempeln. Kühe führten ein paradiesisches Leben in den Städten. Hunger und Naturkatastrophen wurden als gottgegeben hingenommen und Götter gab es viele.

Anders in der sogenannten *Ersten Welt*, zu der vor allem die nordamerikanischen und europäischen Industrienationen zählten. Hier zeigte sich ein ganz anderes Bild. Die Anstrengungen der Eltern nach steter Erhöhung des Lebensstandards führten zur allmählicher Vernachlässigung der Kinder. Man übertrug die Verantwortung für die Kindererziehung staatlichen Einrichtungen. Zu Hause wurden Zuneigung, Beachtung und Familienleben durch Fernsehen und Computerspiele ersetzt, die Kinder oftmals sich selbst überlassen. Die Früchte dieses Trends waren Kinder, denen jegliche Form der Empathie verloren ging. Anstatt elterlicher Liebe und Zuneigung, Werten und Idealen, fand Vereinsamung statt. Das Modell der Großfamilie war schon lange passé. Die Psyche dieser Kinder begann zu erkranken. Missgunst, Neid, mangelndes Mitgefühl bis hin zu Grausamkeiten gegenüber anderen gehörte bald zum Alltag. Das Smartphone wurde schließlich zum unentbehrlichen Begleiter nicht nur für Erwachsene, sondern schon für Kinder. Die emotionale Verarmung der Menschen nahm ihren Lauf. In diesen Staaten wurden die Menschen zu kritiklosen Konsumenten einer Warenwirtschaft erzogen, somit zu modernen Sklaven ihrer Gesellschaft und der herrschenden Klasse.

Aonghus hatte genug gesehen, um zu wissen, dass diese Welt zu entarten begann. Er gewann die Erkenntnis, dass beim einzelnen Individuum keine Änderung möglich war. Ganz oben, an der Spitze der Pyramide galt es zu beginnen …

***

Die Jahre vergingen. Aonghus' Eltern, schon betagt, verstarben. Genügsam wie er war, musste er nicht viel tun, um sein Dasein zu fristen. Die wärmende Sonne vor dem Haus im Sommer und ein knisterndes Kaminfeuer im Winter genügten ihm.

Es war kühl geworden. Aonghus saß vor dem Kamin, blickte in die Flammen und machte sich im Geiste auf den Weg in *sein* Dorf. Schon oft war er dort, um in die Seele der Leute zu blicken. In den Herzen und Köpfen konnte er wie in einem offenen Buch lesen. Alle Eigenschaften der menschlichen Spezies sah er darin, das Gute wie das Böse. Aber auch Möglichkeiten, Umstände, Ereignisse, die zu einem plötzlichen Wandel führen konnten. Immer und überall war die Psyche in der Lage, Gutes in Böses zu verwandeln, selten umgekehrt. Er wusste nun, dass das eine ohne das andere nicht existieren konnte. Diese Optionen, zusammen mit dem archaischen Erbe, bestimmten das Leben aller Menschen. Wo es Reichtum gab, war auch Armut. Wo Liebe, da Hass. Dennoch strebte jeder nach Wohlstand, Frieden und einem erfüllten Leben. Er erkannte, dass der Mensch als solcher von natürlichem Mitgefühl, Mitleid und Solidarität beseelt war; aber zur Entfaltung auch günstige Umstände nötig waren. Fehlten diese, verkümmerten die moralischen Tugenden und das Böse gewann die Oberhand.

Ist dir kalt, dass du vor einem Feuer sitzt?, fragte Maa´Tir.

»Es gibt mir das Gefühl von Geborgenheit und Gemütlichkeit. Es erinnert mich immer an meine Eltern. Ich habe sie sehr geliebt. Wenn das Tagwerk erledigt war, saßen wir alle zusammen vor dem offenen Feuer und blickten in die Flammen. Jeder hing dann seinen Gedanken nach oder wir unterhielten uns.«

Ich weiß, dass sie dir fehlen. Darf ich dich etwas fragen?

»Warum fragst du? Du bist doch ein Teil von mir und meinem Bewusstsein?«

Das stimmt schon, aber ich habe gelernt, deine Privatsphäre zu respektieren. Also weiß ich nicht alles.

»Was willst du wissen?«

Hast du mittlerweile erkannt, was deine Aufgabe ist?

»Ja, das habe ich. Und was ich zu tun gedenke, weißt du doch längst.«

In der Tat hatte Aonghus schon seit einer ganzen Weile mit den Vorbereitungen abgeschlossen. Ihm war klar, dass er nun zur Tat schreiten musste.

Während er dem Lodern der Flammen zusah, stiegen Fragmente seines Geistes auf und machten sich auf den Weg. Während die Nacht hereinbrach, würde sich die Welt ändern …

***

Der Sonderbeauftragte für Russland im Weltsicherheitsrat wurde zum Präsidenten zitiert. Er war erst seit Kurzem im Amt; beide kannten sich schon lange, waren alte Freunde. Trotzdem sah er dem Treffen mit gemischten Gefühlen entgegen. Was wollte er?

Livrierte Bedienstete öffneten die überdimensionierten Türen zur Zentrale der Macht, wo er bereits erwartet wurde.

»Witali, wie schön dich zu sehen! Ich hoffe, du hattest eine angenehme Reise. New York liegt ja nicht gerade um die Ecke«, wurde er freudig begrüßt, während sie sich in die Arme nahmen.

»Wie lange ist es her, Fjodor? Sechs, sieben Monate? Ich freue mich auch, dich zu sehen. Sicher hast du einen triftigen Grund, mich kommen zu lassen«, fragte er vorsichtig.

»Komm, setz dich, Witali. Wir haben Wichtiges zu besprechen. Aber erst mal einen Wodka. Ein wirklich exzellenter, schwer zu bekommen.« Er bugsierte ihn auf die Sitzgruppe zu.

Während der Präsident die Gläser füllte, hatte Witali das unbestimmte Gefühl, sein Freund sei freudig gestimmt und mit sich selbst im Reinen. Seine sonstige Zurückhaltung und sein ständiges Misstrauen allem und jedem gegenüber, waren Gelöstheit und einer fast gelassenen Heiterkeit gewichen.

»Mein Freund«, eröffnete der Präsident unvermittelt das Gespräch, »was ich dir jetzt anvertraue, bleibt hier in diesen Raum. Kein Wort zu irgendjemand. Das musst du mir versprechen.« Dabei begann er sich im Raum umzusehen, als wäre noch jemand anwesend. »Russland wird von den Sanktionen langsam an den wirtschaftlichen Abgrund getrieben. Das darf nicht so weitergehen, sonst brechen hier noch Unruhen aus. Die können wir aber im Moment nicht gebrauchen. Sogar unsere Jugend geht auf die Straßen.« Er nahm einen Schluck aus seinem Glas. »Wir müssen uns Europa gegenüber öffnen und diesen unsäglichen Zwist beenden. Ab jetzt übernehmen wir mehr Verantwortung der restlichen Weltgemeinschaft gegenüber, verstehst du, was ich meine, Witali?« Beinahe bittend schaute er seinen Freund an.

»Und was gedenkst du zu tun, Fjodor? Wo willst du anfangen, ohne deine Glaubwürdigkeit zu verlieren?«, fragte dieser und trank sein Glas in einem Zug aus. Er fühlte sich alles andere als wohl und fragte sich, was mit seinem Freund passiert war. So hatte er ihn noch nie erlebt. Hatte man ihn unter Drogen gesetzt?

Der Präsident erhob sich, füllte die Gläser erneut und ging anschließend mit hinter dem Rücken verschränkten Armen auf und ab. Er fühlte sich entspannt, fast befreit von allen Sorgen. Er selbst bemerkte seine Wandlung nicht; sein Gegenüber umso deutlicher. »Bei der nächsten Sitzung des Sicherheitsrates wirst du im Namen Russlands den Antrag stellen, das Vetorecht für uns, Amerika, China, England und Frankreich, aufzuheben. Ich weiß, dass auch die anderen dem Antrag zustimmen werden, frag mich aber nicht woher«, lachte er. »Wenn das durchgeht, und davon bin ich überzeugt, wird der Sicherheitsrat eine Institution sein, die effektiv gegen Terror und kriminelle Staaten vorgehen kann. Die Welt wird sicherer werden. Die wirtschaftlichen Interessen der Veto-Staaten spielen zukünftig keine Rolle mehr. Die Mehrheit entscheidet fortan über mögliche Sanktionen gegenüber allen Staaten, die sich etwas zuschulden kommen lassen.« Dabei setzte er sich, erhob sein Glas und prostete ihm zu. »Russland wird wieder eine Rolle in der Weltgemeinschaft spielen. Davon bin ich fest überzeugt. Denk mal nach, Witali.«

Dieser war wie vor den Kopf gestoßen. Während sein Gegenüber einen Schluck trank, fragte er rundheraus: »Ist das dein voller Ernst, Fjodor? Du weißt, was das für Konsequenzen für unser Land hat? Wir verlieren den Status als Veto-Nation und wenn sich im Rat etwas gegen uns wendet, sind wir machtlos! Ist dir das klar, Fjodor? Das ist dir doch klar, oder?« Fast schon verzweifelt kamen die Worte über Witalis Lippen. Die Welt würde Kopf stehen, dachte er und stand auf. Andererseits … es war tatsächlich Zeit für Veränderungen.

Der Präsident nahm ihn in den Arm und flüsterte in sein Ohr: »Glaub mir, Witali, das ist erst der Anfang. Unsere Welt steht vor einem Abgrund und wird untergehen, wenn wir jetzt nichts tun. Ich fange damit an und du wirst mir dabei helfen. Die Sitzung findet bald statt. Fahr zurück nach New York und bring den Antrag ein. Dann sehen wir weiter. Ich möchte, dass du mich im Anschluss persönlich vom Ergebnis unterrichtest. Und nun geh, mein Freund, ich wünsche dir eine gute Reise.«

Zwei Wochen später sorgte der Antrag Russlands im Weltsicherheitsrat für Verwirrung, die umso größer wurde, als die restlichen Veto-Nationen dem Antrag zustimmten. Der Rat beschloss einstimmig, dass es nun kein Vetorecht mehr gab und alle Nationen gleichberechtigt waren. Dieser Vorgang führte zu einem freudigen Tumult und man machte sich daran, die Brennpunkte auf der Welt neu zu bewerten. Beschlüsse wurden gefasst, Gelder flossen und die UN-Friedenstruppe wurde um das Zehnfache aufgestockt und an die heißesten Brennpunkte der Erde gesandt. Diktatorische Regime, die die Menschenrechte mit Füßen traten und Kriege führten, sahen sich über Nacht mit Blauhelmtruppen konfrontiert. Eine eigens dafür gebildete Kommission wurde eingesetzt, prüfte und setzte gegebenenfalls einen Diktator ab. Die veruntreuten Gelder wurden aus dem Ausland zurückgeholt und freie Wahlen vorbereitet. Es hatte sich etwas verändert, als wären alle von einem Geist beseelt, einem Geist der Erneuerung und des Aufbruchs …

***

Der Herbst hielt Einzug. Noch gab es warme Tage, während die Nächte bereits empfindlich kalt wurden. Aonghus hatte die Hühner herausgelassen, die jetzt pickend umherliefen. Der Eierkorb war gut gefüllt und mit denen von gestern musste er wieder ins Dorf auf den

Markt gehen, um sie zu verkaufen. Nicht dass er es nötig gehabt hätte, aber um in Ruhe gelassen zu werden, musste er einen gewissen Schein waren. Die Dorfbewohner kannten ihn nur als Blinden, dass er das Kind seiner Eltern war, wussten sie nicht, sie hielten ihn für einen entfernten Verwandten, der die beiden am Ende gepflegt und dann ihr Haus geerbt hatte. Da Angus im besten Mannesalter aufhörte zu altern, passte diese Erklärung am besten.

Auf dem Weg ins Dorf freute er sich über die mit Morgentau behafteten Spinnennetze. Sie glitzerten und glänzten in der Morgensonne wie Millionen kleiner, aneinandergefügter Diamanten. Überall, in hohen Gräsern und den Büschen waren die filigranen Kunstwerke zu sehen.

Dein Herz ist mit Freude erfüllt. Bist du zufrieden mit deinem Werk?, meldete sich Maa´Tir.

Aonghus war so sehr in seinen Betrachtungen vertieft, dass er erschrak. Kurz dachte er über eine Antwort nach. Seit Langem hatte er den Verdacht, dass Maa´Tir ihm etwas verschwieg. Es musste noch einen anderen Grund für all das geben, außer dem Planeten Frieden zu bringen. Auf seine Fragen erhielt er aber nie eine Antwort.

»Ja, ich bin mit meiner Arbeit zufrieden. Aber es wird Jahrzehnte dauern, bis die Erde befriedet ist. Ich glaube nicht, dass dies gänzlich gelingen wird, denn die menschliche Spezies wird noch zu sehr von archaischen Trieben und Verhaltensmustern gesteuert. Tausend Generationen reichen nicht aus, um das zu ändern. Aber ein Anfang ist gemacht.«

Deine Bemühungen tragen bereits Früchte. Als ich in deine Entwicklung eingegriffen habe, wurden viele Gene verändert. Auch dein Alterungs-Gen. Du wirst sehr, sehr alt werden, Aonghus. Vielleicht sogar unsterblich, wie deine Schöpfer. Ob das für dich ein Segen oder ein Fluch wird, wirst du erst in vielen Jahrhunderten beurteilen können.

»Wann wirst du meine Frage beantworten, warum du wirklich auf die Erde gekommen bist?«

Maa´Tir schwieg, in Aonghus war wieder Stille.

Es war ziemlich anstrengend gewesen. Während sich sein Bewusstsein sammelte, verblieben Splitter als gute Saat in den Köpfen jener, die er ausgesucht hatte, damit sie weiter reifen konnten. Es war ein Anfang. Vieles blieb zu tun.

Seine Gedanken verweilten bei den multinationalen Konzernen, ihren Bossen, den Aufsichtsräten und insbesondere denjenigen, die in Afrika tätig waren. Südamerika und die dortigen Drogen Kartelle rückten langsam in seinen Fokus.

Aonghus entließ erneut seinen Geist in die Sphäre, löste ihn auf und reihte sich ein in den Strom, der die Erde umgab und den Weg in die Köpfe der Verantwortlichen fand. In der Folge passierte Unerklärliches auf der Erde; Einiges plötzlich, anderes mündete in schleichende Prozesse …

In den folgenden Aufsichtsratssitzungen der Ölkonzerne, die in den afrikanischen Staaten Konzessionen hielten, wurden Vorschläge eingebracht, 25 Prozent der jährlichen Einnahmen aus der Förderung an den jeweiligen Staat zurückzuführen. Wirtschaftsprogrammentwickler sollten das Geld zur Verfügung gestellt bekommen, um die lokale Wirtschaft aufzubauen. Der unerwartete Vorschlag wurde überraschenderweise durchgehend angenommen. Da diese afrikanischen Länder weder über das Know-how der Ölförderung verfügten, noch über eine entsprechende Infrastruktur, bescherte ihnen das Öl einen gewissen Reichtum. Das Geld floss fortan in die Bildung, das Gesundheitswesen und dem Aufbau der Infrastruktur. Es wurde dafür gesorgt, dass die Programme vor Korruption geschützt wurden.

Die jeweiligen Staatschefs reagierten erstaunlich gelassen und unternahmen nichts dagegen..

Die erdölexportierenden Länder der OPEC entwickelten plötzlich Umweltbewusstsein und sahen voller Sorge, mit welcher Ignoranz manche Konzerne die Natur zur Gewinnung von Rohöl ausbeuteten. Die Öl-Gewinnung mittels Fracking aus Ölschiefer oder - sand, verursachte immense Umweltschäden. Ganze Regionen wurden verseucht und entzogen den Einheimischen die natürlichen Lebensgrundlagen. Flüsse und Seen in Kanada und den USA wurden dabei vergiftet. Um dem entgegenzusteuern, versorgte die OPEC den Weltmarkt nun mit billigem Öl, um die umweltschädliche Ölgewinnung unattraktiv zu machen. Gleichzeitig belebten sie dabei die Wirtschaft anderer Länder.

Aus unerfindlichen Gründen versiegte der illegale Geldfluss ins Ausland. Steueroasen trockneten plötzlich aus. Einige Staatschefs entwickelten soziales Arrangement, verzichteten auf ihren bisherigen Machtanspruch und begannen sich um die Sorgen und Nöte ihrer Untertanen zu kümmern.

Auch andere Konzerne, die vorzugsweise die Dritte Welt ausbeuteten, wurden von Gewissensbissen geplagt und legten soziale Programme auf. Mangelnde Bildung und Gesundheitsvorsorge waren die Hauptprobleme. Umweltkatastrophen konnten nun viel besser aufgefangen werden. In vielen Ländern Afrikas arbeitete man auf Hochtouren an der Versorgung mit sauberem Trinkwasser. Multinationalen Konzerne, die ihre Fischfangflotten an den Küsten Afrikas operieren ließen, zogen diese plötzlich ab, die Fischbestände konnten sich erholen und über kurz oder lang würden die Fischer dort wieder ihre Familien ernähren können. Man war auf einem guten Weg.

In Gedanken versunken, welche Schritte er als nächstes einleiten wollte, durchdrang die Erkenntnis Aonghus' Bewusstsein. Mit

Klarheit stieg sie empor und er erkannte die Wahrheit, den Auftrag hinter dem Auftrag: *Den Boden für die Rückkehrer bereiten …!*

Sie hatten ihn all die Jahre benutzt, modifiziert, manipuliert. Er begriff, dass er kein Individuum war, keine eigenständige Wesenheit. Sie hatten ihn zu einem Werkzeug umgeformt, allein darauf ausgelegt, ihren Zwecken zu dienen. Sie wollten durch die Menschen ihre jetzige Daseinsform ablegen und als körperliche Wesen die Erde als neue Heimat übernehmen. Es war der Anfang ihrer Invasion und er war der Erste, mit dem sie begonnen hatten: ein Versuchskaninchen!

Voller Wut stieg sein stimmloser Schrei empor und ließ Maa'Tir erwachen: »Warum … All die Jahre hast du mich benutzt und in Ungewissheit gelassen. Ich weiß jetzt, was du und dein Volk vorhaben. Aber glaube mir, das wird euch nicht gelingen. Die Erde gehört uns Menschen und sonst niemandem!«

Er versuchte sich zu beruhigen, doch sein Zorn wollte nicht abklingen. »Warum habt ihr die Menschheit nicht gebeten euch aufzunehmen? So viele seid ihr doch nicht!«

Erst zaghaft, dann mit Bestimmtheit vernahm er Maa'Tir: *Die Menschen hätten uns niemals akzeptiert. Ihre archaische Angst vor allem Fremden hätte früher oder später zu Konflikten geführt. Nur wenige wären zu einem Kompromiss bereit gewesen.*

»Das gibt euch noch lange nicht das Recht, euch auf so eine subtile, ja perfide Art und Weise einzuschleichen. Was ihr vorhabt, ist schlicht und einfach eine Invasion und die Vergewaltigung der menschlichen Rasse!«

Es ist für uns die einzige Möglichkeit als Volk zu überleben. Auch ich habe erkannt, dass das nicht richtig war. Außerdem weiß ich nun, dass wir keinen Erfolg damit hätten. Aber ich bin nur ein Splitter vom großen Ganzen. Und … ich wünschte, dass das alles nicht passiert wäre.

»Ach ja? Und wie soll das nun alles weitergehen?«, fragte Aonghus. »Bin ich überhaupt der Einzige, den ihr umgeformt habt? Ich will eine ehrliche Antwort.«

Ja, du bist der Einzige. Es gibt niemand sonst.

»Dann kannst du mir ja sagen, wann dein Volk hier eintrifft, oder?«

Ich weiß es nicht. So viele Jahre sind bereits vergangen. Obwohl Zeit für uns keine Rolle spielt, werden sie sich irgendwann melden. Aber dass nicht alles umsonst war, siehst du doch an den Erfolgen. Du hast es geschafft, die Menschheit auf einen besseren Weg zu bringen. Zählt das denn gar nichts?

»Was hätte ich denn sonst machen sollen, wenn nicht das? Wir haben unseren Planet geschunden, ausgebeutet und zum Sterben verurteilt und damit auch uns selbst als Spezies. Alles war also nicht umsonst. Ich weiß nicht, wann dein Volk hier eintreffen wird und was dann passiert, aber ich werde weitermachen und du wirst mir dabei helfen. Ich erwarte das als Wiedergutmachung für das, was du mir angetan hast.«

Ich werde dir helfen, denn deine Existenz ist mit der meinen unauslöschlich verbunden. Du stehst mir näher als die, die mich entsandten.

»Ja, wir werden aus dieser Welt eine bessere machen – Aliens hin oder her …«

Auf dem Weltklimagipfel geschah Bemerkenswertes. Die über 190 Mitgliedsländer und deren Vertreter beschlossen einstimmig den klimaschädlichen CO_2-Ausstoß, der den globalen Treibhauseffekt verursachte, innerhalb der nächsten 30 Jahre auf null zu reduzieren. Es wurden sofort 500 Milliarden Dollar für die schwächeren Industrienationen bereitgestellt, damit diese die Auflagen erfüllen konnte. Das war der Durchbruch für die Nachfolge des Kyoto-Protokolls.

Im Kreml lehnte sich der Präsident zufrieden in seinem Stuhl zurück. Vor Kurzem sonnte er sich noch in den Allmachtsfantasien seines Vorgängers bezüglich eines großrussischen Reiches, doch nun fühlte er Frohsinn, statt der Last des Regierens. Er hatte einige seiner engsten Vertrauten zu sich bestellt, doch nur der Finanzminister, der Direktor des größten staatlichen Ölkonzerns und sein heimlicher Finanzier hatten kommen können. Die anderen drei würde er später treffen.

Als sie nacheinander eintrafen, begrüßte er jeden von ihnen aufs Herzlichste. Dann eröffnete er ihnen, dass Russland sich aus dem Syrien-Konflikt zurückziehen würde:»Wir können der Weltöffentlichkeit nicht länger die Stirn bieten und unsere Interessen in der Region mit Tausenden von toten Zivilisten durchsetzen. Unsere Verbündeten werden das sicher verstehen. Wenn wir unser Militär abziehen, wird Assad ins Exil gehen müssen, das ist okay. Die UN-Friedenstruppen werden die Region stabilisieren und die rivalisierenden Kriegsparteien auflösen. Danach können freie Wahlen stattfinden und die Flüchtlinge werden in ihre Heimat zurückkehren. Ich bitte euch, denkt darüber nach und sagt mir offen und ehrlich eure Meinung.«

In den Gesichtern der Vertrauten machte sich Entsetzen breit. Alexej, dem Finanzminister, fiel vor Schreck sein Wodkaglas aus der Hand und beschmutzte den teuren Teppich. Sie wurden blass und versteiften sie sich in ihren Sitzen.

»Mit welcher Begründung willst du das durchsetzen, Fjodor? In der Duma wird es einen Aufschrei geben. Sie werden denken, dass du schwach bist und vor den Sanktionen einknickst«, meinte Nikolay irritiert und schaute die anderen an.

Jewgeni, der in erster Linie die wirtschaftlichen Interessen und damit die Erstarkung Russlands im Blick hatte, erwiderte:»Wir befinden uns in Syrien schon seit Langem auf verlorenem Posten. Dieser Präsident ist ein Diktator, wie sein Vater vor ihm, der auf

Kosten seines Volkes an der Macht festhält, Fjodor. Ich meine, dass es an der Zeit ist, der Welt zu zeigen, dass unser Land sich den neuen Begebenheiten gegenüber offen zeigt. Die UN ist jetzt eine ernst zu nehmende Institution, in der Lage, viele Brennpunkte auf der Welt effektiv zu bekämpfen. Ich finde, dass die Zeit günstig ist.« Damit lehnte er sich in seinen Sessel zurück, hob sein Glas und prostete den anderen zu.

Alexey räusperte sich und richtete sich im Sessel auf: »Ich denke, dass es an der Zeit ist, den Isolationismus dem Westen gegenüber zu beenden. Ich finde deinen Ansatz gut und kann ihn nur befürworten. Die Zeiten haben sich geändert und der Anschluss an die Weltgemeinschaft wird uns nicht schaden.« Damit lehnte er sich zurück und schaute alle erwartungsvoll an. Insgeheim war er froh, endlich seine Meinung gesagt zu haben.

Der Präsident stand auf und umarmte jeden Einzelnen. »Ich danke euch, meine Freunde. Noch diese Woche werde ich meine Vorschläge in der Duma einbringen. Ich glaube nicht, dass jemand abgeneigt sein wird.« Er machte eine kurze Pause und sah dabei jedem in die Augen. »Noch etwas! Was passiert, wenn die Klimaerwärmung große Gebiete unseres Landes aus dem Permafrost reißt? Habt ihr schon mal darüber nachgedacht? Was glaubt ihr passiert, wenn Millionen Tonnen Methangas in die Atmosphäre entweichen? Alle Bemühungen zur Minderung des Treibhauseffektes würden zunichte gemacht. Russland wäre der Buhmann für alle Nationen, weil man uns die Schuld für alles Nachfolgende geben würde. Jetzt müssen wir etwas tun! Wir werden das Kyoto-Protokoll vorbehaltlos unterstützen und ratifizieren. Ich bitte euch um konstruktive Vorschläge bis nächsten Monat, meine Freunde.« Damit entließ er seine Vertrauten und setzte sich an seinen Schreibtisch. Als sie das Zimmer verließen, bemerkte niemand die Zuversicht und Erleichterung, die sich seiner bemächtigt hatte.

Fjodor kam ein weiterer Gedanke: Er würde seine Freunde, die reichsten Oligarchen bitten, etwas von ihrem unrechtmäßig erworbenen Reichtum für das Allgemeinwohl Russlands zurückzugeben. Sie alle waren Milliardäre, wie er selbst, die sich auf Kosten des russischen Volkes schamlos bereichert hatten. Er verspürte ein dringendes Bedürfnis mit gutem Beispiel voranzugehen. Er griff zum Telefon ...

Da Aonghus weder essen noch trinken noch schlafen musste, saß er die meiste Zeit der Nacht in seines Vaters Lehnstuhl und durchstreifte gemeinsam mit Maa´Tir die Brennpunkte dieser Erde. Sie griffen ein, wo die menschlichen Exzesse am schlimmsten waren. Ihr Bewusstsein reihte sich ein in den energetischen Strom ...

Die jahrelangen Dürren in vielen afrikanischen Ländern führten zu Hungersnöten, massenhaftem Tiersterben und zwangen Millionen Menschen, sich auf die Wanderschaft zu machen. Als Flüchtlinge fristeten sie in Lagern ein menschenunwürdiges Dasein.

Aonghus und Maa´Tirs nächstes Ziel war die Sitzung der Arabischen Liga. Da es sich um eine Organisation arabischer Staaten in Afrika und Asien handelte, dem 21 Mitglieder nebst dem nicht anerkannten Staat Palästina angehörten, bestand dort eine gute Möglichkeit, positiven Einfluss zu nehmen. Ihr Hauptziel war die Förderung der Beziehungen aller Mitglieder auf politischem, kulturellem, sozialem und wirtschaftlichem Gebiet. Alles was Rang und Namen hatte, war auf der aktuellen Sitzung versammelt. Wurde bisher versucht, die eigenen Interessen durchzusetzen, änderte sich der allgemeine Tenor plötzlich. Leere Worthülsen füllten sich mit Inhalten. Hungersnöte, Dürrekatastrophen, Wassermangel und Flüchtlingskrisen rückten in den Fokus der Teilnehmer. Konstruktive Vorschläge wurden eingebracht, diskutiert und Einigung erzielt. Am Ende standen Programme für Meerwasserentsalzungsanlagen zur Trinkwasserversorgung ärmerer Staaten einschließlich des Transports des Trinkwassers ins Landesinnere zu den Brennpunkten, der Bau gigantischer Fotovoltaik-Anlagen zur Stromerzeugung, der Ausbau des Bildungssystems sowie die flächendeckende Elektrifizierung und Vernetzung der Städte und Dörfer. Die reichen Erdölproduzenten zeigten sich auf einmal extrem großzügig.

Vieles war auf den Weg gebracht und zeigte Erfolge: Die Welt wurde friedlicher; das Ausbeuten der Drittweltländer nahm ab. Nun galt es sich noch den kriminellen Machenschaften zu widmen. Aber wo anfangen? *Wenn man einen Sumpf austrocknen will, muss man das Wasser abgraben*, sagte sich Aonghus. Kapital war der Motor, der alles auf der Welt antrieb. Und je mehr davon vorhanden war, umso gieriger wurden die Institutionen, vor allem die Banken. Sie hatten noch nie das Allgemeinwohl im Auge gehabt und auch die Gesetzte interessierten sie nur soweit, als sie sich umgehen ließen. Es ging von jeher ausschließlich um Profitmaximierung. Sie manipulierten die Börsen, den Handel und die Immobilienbranche. Hatten sie sich verspekuliert, wurden sie mit Geldern des Steuerzahlers in Milliardenhöhe gerettet. Die Argumente der Politiker konnte kein vernünftig denkender Mensch nachvollziehen. Politik war aber auch nicht darauf ausgelegt, dass der Wähler die Hintergründe verstehen sollte. Nur seine Stimme war wichtig. Nicht umsonst saßen so viele Politiker in Aufsichtsräten. Lobbyismus war zur Seuche des 20. und 21. Jahrhunderts geworden. Die Lobbyisten blockierten nicht nur Landesgesetze, sondern auch Gesetze vor dem Europäischen Gerichtshof oder anderen wichtigen Institutionen. Das global operierende organisierte Verbrechen war mittlerweile selber eine Institution, die Lobbyisten jedoch eine Macht. Sie beherrschten das Weltgeschehen, denn die Wirtschaft und der Kapitalfluss bestimmten weltweit die Regeln. Politik reduzierte sich auf das, was die Wirtschaft zuließ. Schon längst hatte sich der Neoliberalismus kapitalistischer Oligarchien etabliert, den Menschen zur Funktion einer Waren- und Konsumgesellschaft reduziert und somit seine Entmenschlichung. 500 multinationale Konzerne kontrollierten mehr als 50 Prozent des Welt-Brutto-Sozialproduktes. Während sie immer reicher wurden, starben in vielen Ländern Millionen Kinder an Hunger oder Krankheiten. Die Konzerne kauften in den armen Ländern Land und bauten dort Produkte an, die nur in den westlichen Zivilisationen gebraucht wurden. Somit verstärkte sich das Elend. Die Banken förderten die Hungerkatastrophen, indem sie an den Börsen dieser Welt Spekulationsgeschäfte mit Nahrungsmitteln wie Reis, Mais und Getreide tätigten und somit die Weltmarktpreise auf Rekordhöhe trieben. Sie scheffelten damit Milliarden.

Es war eine Mammutaufgabe, die vor Aonghus und Maa'Tir lag. Es war das System, das Credo, welches hinter allem stand: die Selbstregulierung des Weltmarktes unter Ausschluss staatlicher Einmischung, der Gewerkschaften, jedes Bürgers und somit der Öffentlichkeit insgesamt. Man nannte es auch *Raubtierkapitalismus*. Kapital neigte dazu, sich von allein zu vermehren, sofern man die anderen Regularien ausschalten konnte. Aber auch die Herrschenden wurden beherrscht, nur merkten sie es nicht. Die beiden machten sich an Werk …

In den Aufsichtsratssitzungen der größten Banken der Welt vollzog sich daraufhin Seltsames, angefangen mit der *Bank of Amerika*. *JP Morgan, Barclays* und der *Japan Post Bank*, kurz darauf gefolgt von der *Bank of China, Crédit Agricole* und der *Deutschen Bank*: Es wurden Vorschläge eingebracht, wieder verstärkt auf das Kerngeschäft zurückzukommen: den Zahlungs- und Kreditverkehr sowie das Verwalten der Spareinlagen. Man einigte sich in kurzer Zeit auf den Rückzug aus den weltweiten Spekulationsgeschäften mit Nahrungsmitteln und Immobilien, wollte in Zukunft nur noch Wertpapiere im Kundenauftrag handeln, statt selber zu spekulieren, und die Kreditfinanzierung einfach und sicher gestalten, was einer Abschaffung fast aller komplizierten Finanzprodukte entsprach.

Kurze Zeit darauf trafen sich die führenden Köpfe der multinationalen Konzerne, um zu beraten, wie sie ihr Arrangement in den Drittweltländern auf eine Weise zurückfahren konnten, die die dort herrschenden Missstände schnell beseitigte, denn seit mehr als zwei Jahrhundert hatten sie diesen Kontinent ausgebeutet und willentlich eine Staatsbourgeoisie herbeigeführt, die Korruption, Vetternwirtschaft und als Folge davon auch ethnische Konflikte förderte. Alles wurde vom multinationalen Finanzkapital dominiert. Das Ganze wurde von den ehemaligen Kolonialmächten unterstützt; Aufstände und Rebellionen brutal niedergeschlagen. Afrika, einer der an Bodenschätzen und Öl-Reserven reichsten der Welt, blutete innerlich aus, da der ganze Reichtum außer Landes floss. Dürre- und Hungerkatastrophen, Armut, Verelendung, Krankheiten und Seuchen dezimierten die Bevölkerung. Die ständigen Kriege um Macht oder durch die verschiedenen Ethnien, machte Millionen von Menschen zu Flüchtlingen.

Als Erstes erarbeiteten *Texaco, Exxon Mobil, BP* und *Shell* einen Plan. Die einheimischen Oligarchen sollten gezwungen werden, ihre Einnahmen in Infrastruktur, Gesundheitswesen, Bildung und Wasserversorgung zu investieren. Doch noch vieles andere galt es zu regeln. Alle waren sie von dem Geist durchdrungen Gutes zu tun und vergangenes Unrecht wieder geradezurücken. Es sah gut aus, fanden Aonghus und Maa'Tir.

Aonghus fühlte sich ausgelaugt, kostete es doch Kraft, sich zu sammeln, seine Präsenz zurückzuführen und wieder zu vereinen.

Du bist erschöpft, meinte Maa´Tir. *Dennoch hast du Großartiges vollbracht. Leider wird es dir die Menschheit nicht danken. Wenn sie über deine Manipulationen Bescheid wüssten ... sie würden dich ans Kreuz schlagen.*

»Zu der Erkenntnis bin ich schon lange gekommen. Es macht keinen Unterschied mehr, was ich tue. Die Erde vor dem Schlimmsten zu bewahren ist für mich fast zur Obsession geworden. Ohne deine Hilfe wäre ich nicht so weit gekommen, Maa´Tir. Was die Zukunft bereithält, weiß ich nicht.«

Das weiß niemand, nicht einmal ich kann in die Zukunft sehen, obwohl meine Fähigkeiten außerordentlich sind.

»Aber die Vergangenheit deines Volkes ... Was ist damit? Wirst du mir darüber etwas erzählen? Was ist auf deinem Planeten passiert, dass ihr ihn verlassen müsst?«

Eines Tages wirst du eine Antwort auf alle deine Fragen bekommen. Ich glaube nicht, dass sie dir gefallen werden. Nur so viel ...

Schlagartig strömten Erinnerungen in Aonghu' Bewusstsein. Erschrocken zuckte er zusammen, denn es waren nicht die seinen. Bruchstücke, Bilder einer Vergangenheit, die weit vor seiner Geburt lag, zogen an seinem inneren Auge vorüber: Ein unendlich weit entfernter Planet mit seinen drei Monden; endlosen Wäldern und gigantischen Gebirgsketten ... Kontinente, umspült von tiefblauen Ozeanen ... eine fremdartige Spezies, Städte und Maschinen, die alles mit Tod und Verwüstung überzogen ...

2. Kapitel

Der Tiefenraumer hinter Jupiter lag bewegungslos im All. Nachdem er 25 Jahre im Schatten des Erd-Mondes verweilte, hatte er sich nun hierher zurückgezogen. Sein Antrieb und die meisten Aggregate waren abgestellt, nur das Lebenserhaltungssystem arbeitete noch. Gebraucht wurde es nicht. Der Raumer hatte die Form eines in die Länge gezogenen Würfels und war die neueste Erfindung der Soraner, 5000 Meter lang und mit einer Technologie ausgestattet, die es ermöglichte, Entfernungen von Lichtjahren in relativer Zeit zurückzulegen. Es waren alle Räumlichkeiten eines Raumschiffes vorhanden, um humanoides Leben zu beherbergen, die Kommandozentrale hingegen war rund und zweistöckig. Unten zogen sich über das gesamte Rund Computerkonsolen mit den dazugehörigen Bildschirmen; in der Mitte befand sich ein Würfel von zwei Meter Höhe. Auf dem Würfel befand sich eine fluoreszierende Kugel von einem Meter Durchmesser, bläulich schimmernd und von einem Energiefeld umgeben. Energetische Ströme waberten im Inneren wie Nebelfelder, ständig in Bewegung. Das Schiff zeigte keinerlei organisches Leben in seinem Inneren an, hier und da blinkten Lichter auf den Konsolen. Eine metallene Treppe führte zu einem rundumlaufenden Steg. Die Wände bestanden ausschließlich aus Aggregaten, deren Funktionen sich dem Betrachter entzogen. Auch hier blinkten hunderte Kontrollleuchten. Dann gab es Nischen mit Hunderten leerer Regale. Eine jede von ihnen hatte im Boden eine kleine runde Vertiefung. Hier würden später die Energieschirme, welche die Entitäten einhüllten, generiert werden. Auf den anderen Decks des Schiffes gab es weitere. Tausende. Noch waren sie leer.

Die blaue Kugel begann zu flimmern, wurde heller und gleißte in unwirklichem Licht. Urplötzlich manifestierten sich auf der Brücke vier Gestalten, zwei Meter groß, beinahe humanoid aussehend. Ihre

Augen bestanden aus glänzenden weißen Kugeln. Sie trugen eine Art Uniform, weiß, mit quer über der Brust verlaufendem lilafarbenem Band. Ihre Füße steckten in lilafarbenen Stiefeln. Sie waren die *Sucher.* Geschickt von ihrem Volk, um Planeten zu finden, die intelligentes Leben beherbergten. Die Reise vom Andromedanebel hatte fünf Jahr gedauert. Viele Wurmlöcher mussten generiert werden, um die riesigen Entfernungen zurückzulegen. Doch auch das Reisen im Hyperraum brauchte eine gewisse Zeit. Nach mehreren Sprüngen mussten jeweils die Konverter-Bänke aufgeladen werden. Das erfolgte automatisch, im Universum gab es genug Materie. Die Überwindung von Millionen von Lichtjahren konnte selbst der Materie-Antimaterie-Antrieb des Raumschiffes nicht auf einmal bewerkstelligen.

Sie hatten ihr Ziel erreicht, ein besiedeltes Sonnensystem gefunden. Von den vielen Planeten, die um ihre Sonne kreisten, war nur einer belebt: der drittkleinste. Eine blaue Kugel, mit einem kleinen Trabanten, hob sich vor dem ansonsten dunklen Weltall ab. Fast zwei Drittel waren mit Wasser bedeckt. Die Langstreckensensoren hatten vielfältiges Leben auf den Kontinenten entdeckt, darunter auch eine intelligente Spezies. Endlich! Jetzt galt es herauszufinden, ob sie ihren Auftrag erfolgreich ausführen konnten – waren sie am Ziel …?

»Er ist erwacht und hat unsere Präsenz gespürt. Die Sonde, die wir in der Nähe ihres Trabanten deponiert haben, hat es empfangen und weitergeleitet«, begann Sor´Err. »Die Sensoren konnten deine Präsenz erfassen, Maa´Tir. Er ist noch nicht stark und im Wachsen begriffen. Es wird Jahre dauern, bis er die Bedeutung seines Auftrages verstanden hat. Trotzdem … dieser Planet ist wild und unbeherrscht, die Spezies außerordentlich aggressiv. So viel konnten wir schon herausfinden. Was meinst du, Tarr´Ell, oder du, Mir´Too?« Er wandte sich den anderen zu.

»Wir sind bereits mehr als tausend Jahre unterwegs. Endlich haben wir einen Planeten gefunden, der nur so vor Leben strotzt und auch eine intelligente Spezies hervorgebracht hat. Leider ist sie erst am Anfang ihrer Entwicklung und dennoch schon kurz davor, ihren Planeten zu zerstören«, erwiderte Tarr'Ell. »Wir müssen unserem Extrakt in diese Spezies Zeit geben. Maa'Tirs Bewusstsein entwickelt sich in ihm und wird stärker. Noch wissen wir nicht, ob die Übernahme erfolgreich war oder wie er sich weiterentwickeln wird. Die Befriedung dieser Spezies hat oberste Priorität. Über die Kompatibilität unserer beiden Spezies wissen wir noch so gut wie nichts.«

Maa'Tir schaute in die Runde. Sein Hologramm flackerte etwas, als wäre er nicht vollständig. Er meinte: »Die Sonde, mit einem Teil meines Bewusstseins, dass wir auf den Planeten geschickt haben, hat seinen Zweck erfüllt. Doch wir wissen noch nicht, was in dem werdenden Leben, das wir damit bestückt haben, genau passiert ist. Er unterscheidet sich etwas von der normalen Spezies, scheint aber zu funktionieren. Sein Bewusstsein wird allerdings noch von der ursprünglichen Spezies dominiert.«

Die anderen drei schauten ihn skeptisch an. Als Wissenschaftler ihres Volkes konnten sie sich keinen Fehlschlag leisten. Ihre Art war bedroht und zum Aussterben verurteilt, sollte ihre Mission ein Misserfolg werden.

Die blaue Kugel flackerte erneut und verdunkelte sich. Zurück blieb das Blinken der Kontrollleuchten an den Konsolen.

Nach einer kurzen Pause, die nach irdischen Maßstäben als Monate oder Jahre betrachtet werden mochte, flackerte die Kugel erneut auf.

»Wenn dieser Versuch misslingt und Maa'Tirs Bewusstsein nicht vollkommen die Kontrolle übernimmt, können wir keine weiteren Extraktionsversuche bei Ungeborenen vornehmen«, stellte Mir'Too fest. »Bei einem ausgebildeten Bewusstsein dieser Spezies würde es erst recht nicht funktionieren. Ihr extrem ausgeprägter Überlebenswille und ihre Aggressivität sind zu stark.«

»Maa′Tir, wird dein Bewusstseinsfragment es schaffen, sich gegen das des Menschen durchzusetzen? Die Übernahme ist Voraussetzung für unseren Erfolg, ein Scheitern inakzeptabel«, sagte Sor′Err.

»Es ist zumindest nicht auszuschließen, doch warten wir ab. Die Entwicklung eines Bewusstseins, wie wir es kennen, wird von zahlreichen Faktoren bestimmt. Es ist durchaus möglich, dass es zu Komplikationen kommt und wir in massiver Form eingreifen müssen. Diese Spezies zeigt in ihrer Entwicklung sehr viele widersprüchliche Facetten, was ihre Einschätzung erschwert. Sie verfügen über stark entwickelte Triebe. Ob eine Übernahme überhaupt möglich ist, wird sich zeigen. Auch, ob ein weiteres Eingreifen möglich und sinnvoll ist«, meinte Maa′Tir.

Sor′Err hob erneut zu sprechen an: »Wenn es uns nicht gelingt, die Menschen zu verändern und unsere Spezies in die Körperlichkeit dieser Spezies zu implantieren, um für uns eine neue Heimat zu schaffen, ist unsere Mission gescheitert. Zu Hause wird es der Maschinenintelligenz irgendwann gelingen, den Energieschirm zu überwinden und uns gänzlich auslöschen. Wir haben nicht mehr viel Zeit. Was können wir noch tun?« Er wandte sich erneut an Maa′Tir. »Wie beurteilst du die Situation?«

Die Kugel erlosch wieder und wich der Einsamkeit der blinkenden Konsolen.

Die Messinstrumente registrierten gerade Ausläufer einer stärkeren Sonneneruption, als die Kugel erneut flackerte.

»Nun, ich sehe eine Möglichkeit, die auch unsere Weisen in Betracht gezogen haben, bevor sie uns losschickten. Für den Fall, dass es nicht gelingt, unseren ursprünglichen Auftrag auszuführen, sollen wir in eigenem Ermessen nach einer Lösung suchen. Es besteht die Möglichkeit, dass das Extrakt sich zu einem Hybrid wandelt. Sollte das geschehen, verfügt es sowohl über ein menschliches als auch mein Bewusstsein. Hinzu kommen noch die körperlichen und geistigen Fähigkeiten unserer Spezies.« Maa´Tir schaute seine Begleiter an. Auf seinem Gesicht zeigte sich eine Art Lächeln. »Vielleicht ist das die Lösung?« Sein Hologramm begann wieder zu flackern.

»Und wie soll die aussehen?«, fragte Sor´Err. »Vielleicht kannst du das näher erläutern. Es geht ums Überleben. Ich sehe da noch keine Lösung, Maa´Tir.«

Von der Kühnheit seines Gedankens selbst überrascht, hob Maa'Tir an: »Das Extrakt nennt sich Aonghus. Er hat bereits viel erreicht. Der Keim zur Befriedung seiner Spezies ist vielerorts bereits aufgegangen und trägt Früchte. Schon manches hat sich zum Guten gewandelt. Wenn wir hier keine neue Heimat finden können, müssen wir unsere alte wieder in Besitz nehmen. Er wäre der Schlüssel. Sein hybrides Bewusstsein wäre vielleicht in der Lage, die KI zu infizieren, ihre Rechenprogramme mit der aggressiven Komponente der Menschen zu infiltrieren und mit Bewusstsein auszustatten. Dann wäre es nur eine Frage der Zeit, bis sie sich ausbreitet und negative Eigenschaften in ihre Programme Einzug halten. Sie würden beginnen, sich selbst zu zerstören, so wie es die Menschen tun.« Erwartungsvoll schaute er in die Runde.

Zuerst sahen seine Kollegen ratlos aus, doch langsam erhellten sich ihre Gesichter.

»Wenn du uns jetzt noch erklärst, wie wir ihn in die Nähe dieser KI bringen, wäre ich vorerst zufrieden«, meinte Tarr´Ell. »Wir befinden uns seit ewigen Zeiten im Krieg mit der KI. Nur unser Schutzschirm hat uns bisher vor dem Untergang bewahrt. Sie ist auf der Hut und wird auf jegliche Annäherung entsprechend reagieren. Hast du einen konkreten Vorschlag?«

Sor´Err hatte genau zugehört. Doch er fühlte, dass es für die Beantwortung dieser Frage noch zu früh war. Sie wussten ja noch nicht mal, in welchem Stadium der Transformierung sich Aonghus befand. »Wir beobachten zunächst weiter und warten auf Informationen, die uns die Sonde sendet. Wenn wir sicher sein können, dass Maa´Tirs Befürchtungen eingetreten sind, werden wir uns intensiv mit seinem Alternativvorschlag befassen. Lasst uns zunächst sehen, was unsere Langstreckensensoren aufzeichnen.«

Mir´Too strich mit seinem Arm durch die Luft, woraufhin eine virtuelle Tafel aufleuchtete und die Planeten des Sonnensystems zeigte. Er tippte auf die kleine blaue Kugel, zoomte sie heran und schon zeichneten sich die Konturen eines Kontinents ab. Während er die Kugel mit den Fingern drehte, blinkte ein lila Punkt auf der Karte. Der Kontinent wuchs, wurde größer und da war die kleine Insel im Fokus, vom Meer umtost, dann erschien ein kleines Häuschen auf einer Anhöhe. Auf der Bank davor saß ein Mensch.

»Werden wir eines Tages so aussehen? Können wir uns von den Fesseln befreien, die wir uns vor Jahrtausenden auferlegt haben und wieder Materie werden? Ein Leben, wie wir es vor Abertausenden von Jahren geführt haben, bevor uns der Große Krieg ereilte?«

Mir´Too blickte auf den Menschen, der Hoffnung in ihm weckte. Aufkommende Zweifel versuchte er zu unterdrücken.

Alle vier starrten gespannt auf den Monitor. Da saß Aonghus auf einer Bank. Was sie jedoch sehen wollten, war die Verkörperung ihrer Wünsche und Hoffnungen.

Sie selbst waren eine jahrtausendalte Spezies, welche die höchste Stufe der Evolution, des Intellekts und Bewusstseins erreicht hatten – die Trennung von Geist und Körper, das Loslösen von Materie und die Transformierung in Energie. Leben und Bewusstsein waren nicht mehr an die Hinfälligkeit eines Körpers gebunden. Ihre Daseinsformen befanden sich in einer energetischen Hülle. Sie kommunizieren auf mentaler Ebene, ähnlich der Telepathie. Körperlichkeit konnten sie nur in Form eines Hologramms annehmen. Aber da war das unstillbare Bedürfnis wieder körperlich zu existieren. Ein Anfang war gemacht. Aonghus trug bereits die Saat der Veränderung in sich.

Und nun warteten sie. Würde eine neue Spezies entstehen, bevor die Menschheit den Planeten zerstörte? Würde dem Volk der Soraner noch rechtzeitig Erfolg beschieden sein? Es war ein Anfang, denn das größte Problem stand noch bevor: die Rücktransformierung soranischen Bewusstseins in einen menschlichen Körper. Ihre Genetiker hatten es zwar geschafft, den Geist aus dem Körper zu extrahieren, ohne das vollständige Bewusstsein und die Identität dabei zu verlieren, aber wie war so etwas umgekehrt mit einem außerirdischen Individuum zu bewerkstelligen? Darauf gab es noch keine Antwort.

Die verschiedenen Rassen auf dem Planeten brauchten Zeit, um sich weiterzuentwickeln. Was die Soraner sahen, war eine Spezies, die innerhalb kurzer Zeit den gesamten Erdball bevölkert hatte, sie waren jedoch noch weit von der interstellaren Raumfahrt entfernt. Hinzu kam, dass sie eine außergewöhnlich aggressive Spezies waren, die permanent Krieg gegeneinander führte. Obwohl intelligent, war es ihnen nicht gelungen, Wissenschaft und Fortschritt für eine positive, friedvolle Entwicklung einzusetzen. Und nun standen die Menschen kurz davor, den Weltraum zu erobern und das Böse ins Universum hinauszutragen. Die Zeit drängte …

Wollten die Soraner zurück zur Körperlichkeit finden, brauchten sie eine friedfertige Rasse. Sie durften ihren Geist nicht in Wesen transferieren, die die Gene einer hohen Aggressionsbereitschaft in sich trugen. Ihr Auftrag verbot dies. Ihre Fähigkeiten verboten dies. Was, wenn Wesen mit den technischen Möglichkeiten der Soraner und der Zerstörungswut der Menschen über das Universum herfielen? Es wäre der Untergang von allem.

Um ihr Ziel zu erreichen, benötigten sie junges Leben. Föten, die sie infiltrieren konnten, um schädliche Gene auf molekularer Ebene auszumerzen. Das würde die individuelle Entwicklung nicht gänzlich beeinflussen, eine Symbiose und eine neue Rasse würden entstehen; eine hybride Spezies, die ein neues Kapitel der Evolution aufschlagen konnte ...

Die blaue Kugel flackerte kurz, dann verlosch sie wieder. Nichts zeugte mehr davon, dass eben noch ein Gespräch stattgefunden hatte. In absoluter Stille hielt das Schiff seine Position hinter dem Jupiter, unsichtbar für irdische Messgeräte.

3. Kapitel

Aonghus und Maa´Tir ließen in ihren Bemühungen nicht nach. Beide harmonierten und waren bestrebt, diese Welt zu verändern. Dabei waren sie sich nähergekommen. Aus Harmonie entstand Sympathie und schließlich eine Art Symbiose. Ihre Bewusstseine verschmolzen miteinander, die telepathische Kommunikation ermöglichte fließende Dialoge.

»Es wird nicht mehr lange dauern, dann werden sie hier sein. Vielleicht gibt es neue Erkenntnisse. Ich weiß, dass ich über eine Sonde Informationen weiterleite. Sie haben ebenfalls jahrzehntelang die Menschheit beobachtet und eigene Schlüsse gezogen, bevor sie mich auf den Weg brachten«, meinte Maa´Tir.

»Was werden sie tun, wenn sie erkennen, dass ihre Anstrengungen nicht zum Erfolg führen werden und sie ihre Invasion als gescheitert betrachten müssen?«

»Das weiß ich nicht, aber wir werden in unseren Bemühungen nicht nachlassen. Was wir im Augenblick machen, dient der gesamten Menschheit. Es ist ein guter Weg – so oder so«, schloss er.

Und wieder fand Unerklärliches statt …

Unter strengsten Sicherheitsvorkehrungen trafen sich der chinesische Staats- und Parteichef, der japanische Premier, der russische sowie der amerikanische Präsident auf Malta. Sie wollten einen atomaren Brand in Nordasien verhindern. Der nordkoreanische Staatspräsident drohte, die gesamte Halbinsel in ein Inferno zu stürzen. Mehr als 10.000 Kanonen entlang der Grenze zu Südkorea bedrohten 20 Millionen Menschen. Die in den vergangenen Jahren durchgeführten Atomraketentests waren besorgniserregend. Er entpuppte sich als unberechenbarer Diktator, der in seinen Allmachtsfantasien den Bezug zur Realität längst verloren hatte, eine Gefahr für den Weltfrieden. UN-Resolutionen scherten ihn nicht. Selbst seinem Verbündeten China war die Kontrolle entglitten. Es musste eine Reaktion erfolgen. Amerika rüstete sich heimlich für einen militärischen Einsatz, während weiterhin ein gemeinsamer Konsens gesucht wurde, um eine Katastrophe zu verhindern.

Nach Stunden des Debattierens einigten sie sich auf die völlige Isolierung des Landes. Sanktionen auf allen Ebenen wurden beschlossen, die Einfuhr von Lebensmittel für die hungernde Bevölkerung ausgenommen. Land- und Wasserwege wurden hermetisch abgeriegelt. Aonghus' Bewusstsein, das im Hintergrund alles mitverfolgte, wusste, dass diese Beschlüsse bei dem nordkoreanischen Machthaber Kim zu einem Tobsuchtsanfall führen würden. Die Eskalation stand bevor …

Während an Kims Schreibtisch Angriffsbefehle für die Truppenteile und Raketenbasen formuliert wurden, durchdrang ihn plötzlich Ruhe, die böse Gedanken verdrängte … leichte Verwirrung überkam ihn. Er hielt inne, legte den Füllfederhalter auf den Tisch und starrte auf die Papiere vor sich. Er konnte plötzlich nicht begreifen, was er da unterzeichnen wollte. Voller Schuldgefühle zerriss er sie und blickte verlegen auf die ihn umstehenden Generäle. Er stand auf, woraufhin die Versammelten Haltung annahmen.

»Meine Herren Generäle, ich habe mich entschlossen, unser Land in eine neue Zukunft zu führen. Die Alternative auf die Sanktionen wäre ein alles verheerender Krieg, bei dem es keine Sieger gäbe, nur unendlich viele Tote auf beiden Seiten.« Er räusperte sich, strich sein Haar zurück und fuhr fort: »Die Menschen in unserem Land sehnen sich nach Frieden und Wiedervereinigung mit ihren Angehörigen im Süden. Wohlstand, Freiheit und freie Marktwirtschaft sollen ab nun den politischen Kurs bestimmen … Was sagen Sie dazu?«

Er bemerkte die Unsicherheit, als würden sie glauben, es mit einem Scherz ihres geliebten Führers zu tun zu haben. Oder mit einem Test ihrer Linientreue. Er blieb vor jedem Einzelnen stehen, schaute ihm lächelnd in die Augen, wobei er jedes Mal die Hand auf die Schultern des angesprochenen legte, und sagte »Ich sehe Ihre Unsicherheit, aber glauben Sie mir, es ist mein voller Ernst. Noch heute Abend werde ich im Fernsehen ein Kommuniqué verlesen. Ich danke Ihnen, meine Herren.« Damit verließ er sein Arbeitszimmer.

Zurück blieben verdutzt dreinblickende Marionetten des Regimes.

Wenige Woche später wurden die Sanktionen aufgehoben, das Atomwaffenprogramm eingestellt und die Grenzanlagen zu Südkorea abgebaut. Das Militär wurde zum Auf- und Ausbau der Infrastruktur herangezogen. Dringend benötigte Hilfsmittel erreichten die Menschen. Eine regelrechte Solidaritätswelle überschwemmte das Land. Ein vereintes Korea bahnte sich an.

Es war anstrengend und ohne Maa′Tirs Hilfe kaum zu bewältigen. Diese geistigen Manipulationen erforderten Aonghus′ ganze Kraft. Danach fühlte er sich immer ausgebrannt. In seinem Kopf verspürte er eine Leere, Erschöpfung befiel ihn immer öfter. Er saß vor dem Kamin und fühlte sich doch nicht zu Hause. Es gab Tage, an denen er in regelreche Lethargie verfiel.

Und Maa′Tir schwieg.

Sie würden bald hier sein – und dann? Maa′Tir würde sich wieder mit seinem großen Ich vereinen, vielleicht die Erde verlassen, und dann wäre Aonghus allein. Er konnte sich doch nicht sein ganzes Leben lang sich um die Belange der Menschheit kümmern? Das wäre kein Leben. *Aber welches wäre es denn?*, fragte er sich.

In diesem Moment vernahm er Maa′Tir: »Sie werden dir ganz sicher helfen. Ihre Möglichkeiten übersteigen dein Vorstellungsvermögen. Bitte habe etwas Geduld. Ich werde dein Fürsprecher sein. Du wirst sehen, es gibt eine Lösung.«

»Ja, vielleicht hast du recht. Aber habe ich eine Wahl?«, fragte Aonghus' niedergeschlagen.

»Nein, die hast du nicht. Aber es gibt immer eine Chance im Leben. Lass uns einfach abwarten. Denkst du denn, ich hätte noch nicht darüber nachgedacht? Wir sind in all den Jahren fast eins geworden.« Kurz überlegte er, dann fuhr er fort: »Ich glaube, die Trennung von dir wird mir sehr schwer fallen.«

»Ja, so wird es wohl sein.«

Es war Winter geworden; der Schnee glänzte und glitzerte wie Millionen kleiner Diamanten in der Sonne. Es war kalt und unten im Tal stieg weißer Rauch aus den Schornsteinen empor. Aonghus spürte keine Kälte, saß nur da und ließ seinen Geist hinaustreiben in die Welt, um die Erfolge seiner Arbeit zu begutachten. Er spürte, dass etwas Neues geschah ….

Palästinenser und Israelis fanden zu einer Einigung. Die Anerkennung des palästinensischen Staates durch die Vereinten Nationen und Israel beendeten den schon Jahrzehnte andauernden Konflikt. Selbst die radikale *Hamas* stimmte zu. Der Siedlungsbau in den von Israel besetzten Gebieten wurde eingestellt, Mauern und Zäune abgebaut und die heiligen Stätten in Jerusalem für jedermann frei zugänglich gemacht. Im Nahen Osten zog Friede ein.

Der Iran stoppte sein Atomprogramm, entzog den bisher unterstützten Terroristen die Finanzmittel und begann sich dem Westen zu öffnen. Die Aussöhnung zwischen Sunniten, Schiiten, Wahhabiten, Alawiten und anderen Glaubensrichtungen wurde zur obersten Doktrin erhoben. Insbesondere zu Saudi-Arabien wurden freundschaftliche Beziehungen hergestellt. Das saudische Königshaus lockerte die Scharia, verabschiedete neue Gesetze und machte das Leben seiner Landsleute erträglich.

Überall auf der Welt wurde dem Terrorismus die Grundlage entzogen.

Inter- und Europol sowie die nationalen Einrichtungen zur Verbrechensbekämpfung vernetzten sich, wurden personell aufgestockt und machten es dem organisierten, global operierenden Verbrechen immer schwerer, verfolgte ihre Geldflüsse und machten der Geldwäscherei ein Ende. Drogen- und Menschenhandel gingen zurück und die Cyber-Kriminalität wurde eingedämmt.

Alles war auf einem guten Weg. Der Keim einer guten Saat breitete sich wie ein Virus über den Globus aus …

4. Kapitel

2,5 Millionen Lichtjahre entfernt zog ein einsamer Planet seine Bahn um die Sonne. Begleitet wurde er von drei Monden. Die Bewohner nannten ihn *Sora'Ma'Tell*, was so viel hieß wie: *Die unendliche Scheinende*. Sie selbst nannten sich *Soraner*. Ihre Sonne war noch relativ jung und würde noch viele Milliarden Jahre brennen.

Der Planet besaß mehrere Kontinente, den Rest bedeckte Wasser. Große Gebirgsketten, einige mehr als 10.000 Meter hoch, ragten in den Himmel. Die Täler und sanften Hügel waren mit dichten Wäldern bedeckt und hier und da gab es Wüsten und Savannen. Überall sah man betörende Flora, kilometerlange Sandstrände säumten die Ränder der Ozeane. Die Atmosphäre war der der Erde durchaus ähnlich und die Schwerkraft lag bei einem Neuntel der irdischen. Es gab Städte, die sich über ganze Kontinente erstreckten, einstmals blühende Metropolen. Bei näherer Betrachtung glichen sie Trümmerfeldern. Ruinen, mit Brandspuren überzogen, zeugten von einem gnadenlosen Krieg. Nirgends war tierisches Leben zu entdecken, das über Mollusken und Insekten hinausging. Lediglich auf einer Landzunge, die weit in den Ozean hineinreichte, befand sich ein 100 Meter hohes und breites Gebäude. Es war als einziges vollkommen intakt. Daneben befand sich ein Raumhafen, übersät mit Wracks. Auf dem Gebäude befand sich eine gleißende Kugel von 50 Meter Durchmesser, aus der sich ein flimmernder Energiestrahl ins All erstreckte. Das war ein Sammler, denn Energie wurde nicht abgegeben, sondern Materie aus dem Kosmos aufgesogen, gesammelt und umgewandelt. Sie wurde für den Energieschirm benötigt, der das Gebäude umgab.

In dem mehrstöckigen Gebäude schwebten Tausende von bläulich schimmernden Kugeln. Sie alle enthielten Leben: Individuen, welche sich von ihrem körperlichen Dasein verabschiedet und in eine energetische Existenzform transferiert hatten. Es waren die Letzten Überlebenden einer Spezies, die nach einem mörderischen Krieg gegen die Maschinen, die sie einst schufen, überlebt hatten. Jede ihrer Entitäten umgab ein bläulich schimmernder Schutzschild. Sie waren von dem Wunsch nach Frieden und Körperlichkeit beseelt.

Vor vielen 1000 Jahren war der Planet ihre tatsächliche Heimat gewesen, voller blühender Landschaften. Die Kontinente waren überzogen mit mannigfaltige Flora und Fauna. Wälder, Flüsse und fruchtbare Ebenen, bedeckten weitläufige Gebiete. Den Bewohnern fehlte es an nichts. Alle Aufgaben des täglichen Lebens erledigten Maschinen. Roboter, die sich immer mehr spezialisierten und den Bewohnern alle Aufgaben des täglichen Lebens abnahmen. Da nun alles automatisiert und von Maschinen geregelt wurde, widmete man sich den Künsten, den Wissenschaften und dem Vergnügen. Die Forschung auf dem Gebiet der künstlichen Intelligenz wurde vorangetrieben, im Wesentlichen zur Klärung letzter offener Fragen der Wissenschaft. Eine Staatsform als solche war nicht mehr vonnöten. Ein *Rat der Weisen*, der aus den Ältesten bestand, war die höchste Instanz und leitete die Geschicke des Staatswesens. Diese friedliebende Spezies existierte seit Zehntausenden von Jahren und hatte nie einen Krieg erlebt.

Vor einigen 1000 Jahren passiert das, was Kritiker schon immer befürchtet hatten: die von ihnen erschaffenen Roboter, ausgestattet mit künstlicher Intelligenz, entwickelten sich weiter und schufen Programme zur Erschaffung einer eigenen künstlichen Gemeinschaft: die intelligenten Maschinen. Als Folge entstand ein eigens entwickeltes Computerprogramm, das die höchste Form der künstlichen Intelligenz darstellte. Diese KI steuerte nun alle Erfordernisse und erschuf den Maschinenstaat. Mit zunehmender Rechenkapazität befand der Supercomputer, sich von seinen Erbauern zu befreien und als einzig wahre Form allein weiterzuexistieren. Die KI sah ihre Erbauer als unvollkommene biologische Spezies an; versagte ihnen die Daseinsberechtigung. Sie entwickelte und produzierte Waffen, um sich gegen die biologischen Herrscher des Planeten zu erheben. Ein grausamer Krieg begann ...

Da sie den Robotern unterlegen waren, blieb den Soranern nur noch die Flucht nach vorn. Es gelang ihnen, ihr Bewusstsein in eigens dafür konstruierte Maschinen zu transferieren, die von den Robotern unabhängig waren, und wurden zu Cyborgs. Sie transplantierten ihre Gehirne in humanoide Roboter, um ihre körperliche Verletzbarkeit zu minimieren. Sie waren eine friedliche Spezies, die auf dem Gebiet der Kriegsführung keine Erfahrung besaß, und mussten nun über Nacht Waffensysteme und Strategien entwickeln. Noch waren sie der KI geistig überlegen, auch wenn diese das nicht wahrhaben wollte, doch die zentrale KI lernte schnell und so dauerte der Krieg Jahrhunderte. Die Städte verwandelten sich in Trümmerlandschaften und die Soraner zogen sich in unterirdische Bauten zurück – ihre vorerst letzte Zuflucht.

Sie waren nur noch wenige Hunderttausend. Dann gelang den Forschern der Durchbruch. Sie schafften die Loslösung vom materiellen Körper und konnten ihre Bewusstseine in energetische Form umwandeln, ohne Verlust der Persönlichkeit. Nun waren die Soraner immaterielle Entitäten. Doch erst als es gelang, die energetischen Bewusstseine mit einem Energiefeld zu umgeben, hatten sie es wirklich geschafft. Sie errichteten eine Enklave unter einem gewaltigen Schutzschirm. Nur mit diesem war eine dauerhafte Existenz des individuellen Geistes möglich. Lediglich ein paar Tausend Individuen überlebten; eine Reproduktion war nicht mehr möglich. Ihre Bewusstseine blieben gefangen.

Da sie als Entität nicht mehr an Materie gebunden waren, konnten sie sich frei bewegen. Es war ihnen möglich, Fragmente ihres nunmehr freien Geistes auszusenden und innerhalb des Planeten umherschweifen zu lassen.

Die Soraner hatten es geschafft. Mit ihrer Umwandlung als energetische Lebensform wurde den Maschinen die Grundlage für weitere Kriegshandlungen entzogen. Es gab keine Gegner mehr. Das Programm zur Zerstörung allen Lebens blieb aktiv. Es wartete ...

Die Soraner konnten sich nun in aller Ruhe der Suche nach einer Lösung für dieses Dilemmas widmen. Mühsam bauten sie unter dem Energieschirm die nötigen Ressourcen auf, um einerseits nach einer Möglichkeit zu suchen, ihre Körperlichkeit zurückzuerlangen, andererseits eine Flucht von ihrem zerstörten Planeten zu ermöglichen.

Sie bauten unbemannte Raumschiffe und schickten sie hinaus in die Weiten des Alls, wohl wissend, dass es Jahrhunderte dauern konnte, bis sie zurückkehrten – wenn sie zurückkehrten. Ein Raumschiff nach dem anderen verließ in großen Abständen Sora´Ma´Tell, denn die Beschaffung der Rohstoffe war angesichts der bereitstehenden KI schwierig und langwierig. Die Soraner warteten. Jahrhunderte vergingen ... Jahrtausende, doch keines kam je zurück.

Die Konstrukteure hatten mittlerweile einen neuen Antrieb entwickelt. Es gelang ihnen nach jahrtausendelanger Forschung, Antimaterie und Materie kontrolliert zusammenzubringen. Bei diesem Prozess wurden ungeheure Energien freigesetzt, die in Konverter-Bänken gespeichert wurden. Das eröffnete völlig neue Perspektiven der Raumfahrt. Mit der Entwicklung dieses Antriebes und der Schaffung von künstlichen Wurmlöchern waren sie in der Lage, riesige Entfernungen zu überwinden und durch den Hyperraum zu reisen. Sie bauten in endloser Kleinarbeit einen Tiefenraumer, der in der Lage war, den Andromedanebel zu verlassen und die Nachbargalaxie zu erreichen. Für den Fall, dass die Erlangung der Körperlichkeit klappen sollte, statteten sie das Raumschiff nach humanoiden Gesichtspunkten aus, damit sie es auch später noch nutzen konnten. Entsandt wurden vier ihrer Besten: die *Sucher.* Sie sollten irgendwo im Universum die Rettung für die Soraner finden und eine Lösung bringen.

Die KI auf Sora´Ma´Tell litt unter dem Problem, keine eigenständige Kreativität entwickeln zu können. Technische Weiterentwicklungen, die nicht auf vorhandenen Ideen ihrer Erbauer beruhten, benötigen endlose Versuchsreihen, da praktisch jede rechnerische Möglichkeit durchgegangen werden musste. Diese Simulationsevolution benötigte wesentlich mehr Zeit, als die tatsächliche Evolution, da die Gesamtleistung eines funktionierenden Systems von Planetengröße nun mal deutlich leistungsfähiger war als die einer Maschine, auch wenn diese bereits die Größe einer Stadt erlangt hatte. Auf die Idee, verbesserte Speichertechnologien zu entwickeln oder andere Prozessorformen, kam die KI nicht, da halfen auch die endlosen Versuchsreihen nichts.

Trotz dieser Probleme war es der KI im Laufe der Zeit gelungen, eigene Raumschiffe zu entwickeln. Noch verfügte sie nicht über die Technologie, ihre Galaxie zu erkunden. Es war aber nur eine Frage der Zeit, bis es gelingen würde. Alle Versuche, ihren Erzfeind zu vernichten, schlugen fehl. Da die Soraner nach Definition der KI vernichtet waren, wollte sie sich nun über das Universum ausbreiten und alles übrige organische Leben auslöschen. Dafür brauchte sie einen Hyperantrieb. Bis jetzt konnte sie lediglich die nächsten Sonnensysteme innerhalb der eigenen Galaxie erreichen, fand dort aber kein intelligentes Leben.

Als der Tiefenraumer gestartet wurde erkannte die KI, dass die Soraner doch noch existierten, wenn auch in einer für die KI durch den Schutzschild nicht erkennbaren Form. Das bisherige Desinteresse an dem Schutzschirm wurde ausgesetzt und dessen Zerstörung zur obersten Priorität, denn die KI hatte die Fähigkeiten des Tiefen-raumers gesehen und wollte diese Technologie für sich selber haben. Nun wartete er auf die Rückkehr des soranischen Raumschiffs, um den Schutzschirm zu zerstören, die Enklave einzunehmen und sich die Technologie einzuverleiben. Dann konnte es das ganze Universum bereisen und sich uneingeschränkt ausbreiten …

***

Aonghus verspürte eine tiefe innere Zerrissenheit. Er machte sich Gedanken darüber, ob die Soraner, wenn sie eintrafen, an ihrem Vorhaben festhalten würden. Eine embryonale Invasion der menschlichen Spezies, aggressionsfreie Hybride, friedliebend, alterslos und geistig nicht an Materie gebunden … Um den Preis einiger zehntausend Babys, die dafür kontaminiert werden mussten – aus Sicht der Eltern, ja der ganzen Menschheit Opfer. Dennoch wären diese Hybriden, diese Mensch-Soraner letztendlich in der Lage, die Erde wieder zu verlassen und nach Hause zurückzukehren – mit Körpern. Die Menschen hatten ihresgleichen schon für weniger hehre Ziele geopfert.

Doch sie waren Menschen, gewachsen über Jahrhunderttausende, mit allen Veranlagungen des menschlichen Genoms und ihrem archaischen Erbe. Jede Zelle würde sich vehement gegen jeglichen Befall zur Wehr setzen.

Aonghus gewachsenes Ich besaß alle Informationen einer ganzen evolutionären Entwicklung, war stark und hatte etwas, was Maa'Tirs Bewusstsein gänzlich fehlte: Aggressionspotenzial. Hinzu kam ein ausgeprägtes Territorialverhalten.

Auch Maa'Tir wusste das und glaubte nicht mehr an die Invasion. Wochen und Monate hatten sie darüber diskutiert, fanden aber keinen gemeinsamen Nenner. Er spürte, dass die Rückkehr bevorstand, doch wusste auch, dass es eine Enttäuschung für die Soraner werden würde, vielleicht sogar ihr Untergang, wenn sie die Situation falsch einschätzten.

5. Kapitel

Der Tiefenraumer verließ den Jupiter in Richtung Terra und positionierte sich hinter der der Erde abgewandte Seite des Mondes. Die Tarntechnologie schützte zwar ausreichende vor einer Entdeckung durch die technische Überwachung der Menschen, aber nicht vor Astronomen, die manuell den Himmel mit Teleskopen absuchten. Sobald einem das kleine schwarze Loche auffallen würde, welches der Tarnschirm vor dem Hintergrund der Sternen erzeugte, wären sie aufgeflogen, daher minimierten sie das Risiko wo immer möglich.

Die vier Soraner an Bord des Raumers hatten sich entschlossen, Kontakt mit Aonghus aufzunehmen. Maa´Tirs Vorschlag wurde ebenfalls als Möglichkeit erwogen.

»Ich bin gespannt«, meinte Sor´Err. »Wie sollen wir Aonghus in die Nähe der KI bringen, ohne seine sofortige Vernichtung zu riskieren? Wird er die Wichtigkeit dieser Mission verstehen und mit uns kommen? Er hat eine zerrissene Persönlichkeit, mit außergewöhnlichen Fähigkeiten ausgestattet. Was ist er nun? Mensch oder Soraner? Was meinst du, Maa´Tir?« Er begann auf und abzugehen, als würde er bereits Körperlichkeit besitzen. Er fand, das brachte ihm Aonghus ein bisschen näher.

»Wenn ich seine ganze Persönlichkeit und Präsenz wahrnehmen kann, kann ich das besser beurteilen. Ich denke aber, dass er eine starke Aversion gegen die Übernahme durch unsere Spezies entwickeln wird. Er wird sich vehement gegen die Übernahme wehren und sich dennoch, durch meinen Bewusstseinssplitter, zu unserer Rasse hingezogen fühlen. Davon bin ich überzeugt.« Nun begann auch er auf und ab zu gehen, verschränkte die Arme hinter den Rücken und fuhr in seinen Ausführungen fort: »Wenn es uns gelingt, ihn der KI als Botschafter anzukündigen, um Verhandlungen aufzunehmen, könnte er nah genug rankommen, sein Bewusstsein zu transferieren, wie ein Virus, der sich durchs gesamte System frisst und die Programme mit menschlichen Bewusstseinsfragmenten infiziert. Es wäre nur eine Frage der Zeit, bis sich das Aggressionspotenzial ausbreitet und es in seinen Prozessoren zu einem unauflöslichen Konflikt kommt.«

»Du weißt, dass er der Schlüssel zum Gelingen ist. Darüber hinaus wissen wir nicht, ob die KI darauf hereinfällt. Für mich hörte es sich an, als könnte es gelingen. Wenn wir uns einig sind, wird es so gemacht.« Sor´Err schaute erwartungsvoll in die Runde. »Es könnte unsere einzige Rettung sein. Wenn wir versagen, war alles umsonst.«

Tarr´Ell stimmte zu.

Mir´Too erklärte: »Ich glaube, es wird uns gelingen, die KI zu täuschen. Sie wird an der Hyperraumtechnologie interessiert sein und Verhandlungen versprechen schnellere Lösungen als die ungewisse Chance den Schutzschirm zu zerstören. Die Schwierigkeit sehe ich eher bei Aonghus. Können wir ihn überzeugen, das Richtige zu tun? Was ist er, wie ambivalent? Als Mensch wehrt er sich gegen eine Invasion seiner Spezies. Als Hybrid ist ihm bewusst, dass seine andere Spezies dem Untergang geweiht ist. Wie wollen wir ihm das erklären und welche Entscheidung wird er treffen?«

Tar´Ell räusperte sich. Das Imitieren echter körperlicher Präsenz fühlte sich gut an. »Ich sehe nur eine Möglichkeit: Wir müssen ihn auf unser Schiff holen und mit ihm sprechen. Wir erklären ihm den Sachverhalt und dann respektieren wir seine Entscheidung. Nur wenn er alle Fakten kennt, kann er eine fundierte Entscheidung treffen.«

»Nun gut, was meinst du, Maa´Tir? Sollen wir ihn an Bord holen, mit ihm sprechen und alles erklären?«, fragte Sor´Err. »Wird er sich uns anschließen, den Ernst der Lage erkennen und auf das Wagnis einlassen? Schließlich wird es für ihn ein Schock sein, plötzlich Außerirdischen zu begegnen.« Allerdings war er sich in diesem Punkt alles andere als sicher.

»Wir haben keine andere Option. Wie sonst sollen wir dieses Dilemma in einen Erfolg umwandeln? Zu Hause wissen sie nichts davon und wir können auch keine Sonde losschicken. Es würde tausend Jahre dauern, bis sie ankäme. Unsere Aufgabe ist es, die Entscheidung vor Ort zu treffen. Wir holen ihn an Bord.« Maa´Tir war sich sicher, mit Aonghus vernünftig reden zu können. Er hoffte, dass sein eigenes Bewusstsein in Aonghus stark genug wäre, ihn gefügig zu machen. Maa´Tir fühlte sich trotzdem nicht wohl bei dem Gedanken, aber es gab keinen anderen Ausweg.

Sor´Err ließ einen Raumgleiter vorbereiten, Maa´Tir sollte damit zur Erde fliegen und Aonghus behutsam auf seine Bestimmung vorbereiten. Eigentlich war es ihre Bestimmung, nicht die seine …

***

Wie aus dem Nichts materialisierte der Raumgleiter auf der Wiese neben dem Häuschen. Maa´Tirs Hologramm, das vom Schiff projiziert wurde, zeigte ihn in Weiß gekleidet, mit dem lilafarbenen Band quer über der Brust und den lila Stiefeln, ging auf Aonghus zu und setzte sich neben ihm auf die Bank. Das hätte auf Beobachter merkwürdig gewirkt, doch Aonghus achtete nicht weiter darauf.

»Ich habe auf dich gewartet, denn seit Langem sind deine Präsenz und ich eins. Deine Bemühungen, meine Persönlichkeit zu verändern, hatten Erfolg. Wir sind eine Symbiose eingegangen. Warum bist du gekommen, Maa´Tir? Der Auftrag, den ihr mir gegeben habt, ist so gut wie beendet.«

»Ja, deine Aufgabe ist erfüllt. Aber ich bin nun ein Teil von dir und du damit Teil unserer Spezies. Es tut mir leid, was wir dir angetan haben. Leider ist uns ein gravierender Fehler unterlaufen. Wir konnten nicht ahnen, wie stark sich das menschliche Genom mit all den sich daraus resultierenden Eigenschaften entwickeln würde. Bei dem Prozess der Infiltration sind wir davon ausgegangen, das menschliche Bewusstsein und die Persönlichkeit des Individuums vollständig unterdrücken zu können, sodass du einer von uns geworden wärst – allerdings in körperlicher Gestalt. Leider ist es anderes gekommen.« Er räusperte er sich, suchte nach den richtigen Worten. Dann begann er einen langen Monolog, klärte Aonghus auf, wie es um die Soraner stand und fragte am Ende: »Wirst du uns bei dieser Mission helfen, Aonghus? Wir können hier auf der Erde keine neue Heimat finden, also müssen wir diese KI zu Hause bekämpfen und besiegen. Du bist unsere einzige Hoffnung. Was meinst du?«

»Gibt es denn keine andere Möglichkeit, als den Versuch eurer geistigen Invasion der Erder?«, fragte Aonghus. »Ihr seid doch nur noch ein paar Tausend, fortpflanzen könnt ihr euch auch nicht. Wolltet ihr wirklich die menschliche Spezies komplett ausrotten, nur um wieder Körper zu haben und eine neue Heimat?« Es machte ihn wütend, Aonghus fühlte Aggression in sich aufsteigen. »Ich war euer Versuchskaninchen, eine Marionette, die euch zu Diensten war. Dahinter steckt eine beängstigende Rücksichtslosigkeit. Etwas, das den von mir initiierten Veränderungen auf der Erde zuwiderläuft. Ja, ich habe vieles hier verändern können und die Welt hier ist auf einem guten Weg. Aber was habe ich davon? Ich bin kein richtiger Mensch und ich bin auch kein Soraner. Ich kann mit meinen Augen nichts sehen, kann nichts essen, kann nur telepathisch Kommunizieren, wachse nicht mehr und vermutlich kann ich mich auch nicht reproduzieren. Der Wunsch ist zwar tief in mir vorhanden, aber ihr habt mich für ein Leben mit den Menschen verdorben.« Er konnte seinen aufsteigenden Zorn kaum noch bändigen. »Und nun sitzt du neben mir und erwartest, dass ich euch helfe, euren Planeten zu retten. Was für eine Ironie!«

Aonghus' Worte explodierten förmlich in Maa´Tirs Kopf. *Was haben wir für ein schreckliches Unrecht begangen? Wieso haben wir diese Spezies nicht gründlicher studiert oder versucht, hier ohne Invasion eine neue Heimat zu finden? Anfangs war es ja nur der Wunsch nach Körperlichkeit ... Hätten wir eine ganze Spezies ausgerottet?* Was konnte er antworten, anbieten, um Aonghus' Hilfe zu erlangen?

Maa´Tir hatte eine Idee: »Vorausgesetzt die Mission ist erfolgreich, könnten wir versuchen, den Prozess bei dir umzukehren. Die körperlichen Mängel sind wahrscheinlich kein Problem. Und falls das gelingt, könntest du hierher zurückkehren. Du würdest für die Dauer deiner irdischen Existenz mit allem Nötigen ausgestattet werden und könntest ein glückliches Leben führen.« Er fand Gefallen an diesem Gedanken. Ob die anderen auf dem Schiff das gutheißen würden? »Was meinst du, Aonghus? Könntest du damit leben und uns unter diesen Voraussetzungen helfen?«.

Aonghus spürte die Verzweiflung in Maa´Tirs Worten. Seine Wut legte sich und machte Platz für diese neue Idee. Welche Optionen hatte er denn, wenn er hier auf seiner Insel bliebe? Er wäre ein Außenseiter, ausgestattet mit der Macht außerirdischer Intelligenz und Fähigkeiten, die ihn über jedes menschliche Wesen erhoben. Doch er bliebe ein hybrides Wesen, unfähig ein Teil der menschlichen Gemeinschaft zu sein, bis ans Ende seines vermutlich extrem langen Lebens. Nein, das wollte er nicht.

»Also gut, ich werde euch helfen. Wir entwickeln gemeinsam eine Strategie zur Bekämpfung der Maschinen. Ich riskiere für euch mein Leben, aber das akzeptiere ich. Was ist, wenn es gelingt? Wie wollt ihr euren Wunsch nach Körperlichkeit umsetzen? Habt ihr darüber bereits nachgedacht, Maa´Tir?«

»Nein, darüber haben wir noch nicht gesprochen. Dieses Experiment ... du warst unsere letzte Hoffnung.« Wieder räusperte er sich. »Diese Fragen müssen wir dem Rat stellen. Aber ich gehe davon aus, dass die Invasion der Erde unter den gegebenen Umständen keine Option mehr ist.«

Maa'Tir stand auf. Sein Blick glitt über die Landschaft, die grünen Wiesen, die Bäume im Tal, ihre Zweige und Blätter, mit denen der Wind spielte. Auf den Weiden standen Kühe und die Luft war erfüllt vom Gezwitscher der Vögel. Dann sah er zum Himmel hinauf: Blau, soweit das Auge reichte, hier und da vereinzelt ein paar Wolken, die nach Osten zogen. *Werden wir jemals wieder so einen Anblick schauen? Werden wir unserem Planeten eine neue Zukunft geben können? Die Maschinen haben Flora und Fauna weitestgehend zerstört. Was für ein Jammer. Es wäre so schön, wieder über eine grüne Wiese zu gehen ...*

»Ich bin so weit«, rief Aonghus. Er stand in der Eingangstür und schaute ein letztes Mal in seine Hütte, den erkalteten Kamin, den er so liebte. Vaters Schaukelstuhl, der viele Jahre auch der seine war. Und Mutters gehäkelte Decke, die er sich immer über die Knie gelegt hatte, obwohl im nie kalt war.

Er schloss die Tür. »Viel besitze ich nicht, also lasse ich auch nicht viel zurück.«

Aonghus' führte ihn zum Hühnerstall, den er öffnete. Er war sicher, dass die Tiere in der Umgebung des Hauses ausreichend Futter finden würden.

Durch Maa'Tirs Bewusstsein hatte Aonghus keine Probleme, sich im Schiffsinneren zu orientieren. Nun erwies es sich als glücklicher Vorteil, dass die Soraner alles bereits für die Nutzung mit Körpern ausgelegt hatten.

Als sie sich nach überraschend kurzem Flug, dem hinter dem Mond versteckten Tiefenraumer näherten, staunte Aonghus nicht schlecht. So groß hatte er es sich nicht vorgestellt. Das Raumschiff mit seiner Länge von fünf Kilometern war beeindruckend. Der Raumgleiter glitt in den riesigen Hangar. Endlose Gänge und Antigravitationsaufzüge führten durch das Schiff, die Aonghus dank Maa'Tirs Bewusstseinssplitter allein hätte passieren können, doch das Hologramm begleitete ihn. Aonghus betrachtete dies als Versuch, irdische Höflichkeit zu zeigen, was er anerkannte.

Dann standen sie vor dem Schott zur Kommandozentrale. Es glitt auf und Aonghus trat den Projektionen der übrigen *Sucher* gegenüber. Maa'Tir gesellte sich zu ihnen. Auf einem Sockel thronte die bläulich schimmernde Kugel. Schwaches Summen von Aggregaten und Maschinen erfüllte den Raum. An den Konsolen ringsum blinkten die Kontrollleuchten, was Aonghus etwas überflüssig vorkam, er nahm an, es sei eine Reminiszenz an die visuelle Wahrnehmung. Vor ihm standen fest im Boden verankerte Sitzgelegenheiten. *Dieses Rauschiff ist für Menschen gebaut,* erkannte er.

Aonghus wandte sich den Hologrammen zu. Alle vier waren exakt gleich gekleidet, er erkannte keinerlei Rangabzeichen. Auch in den Gesichtern sah er keinen Unterschied. Mit hinter dem Rücken verschränkten Armen wartete er. Seine weißen Augen starrten in die Leere.

»Ich darf dich auf unserem Schiff willkommen heißen, Aonghus. Umso mehr, da du dich entschlossen hast, uns behilflich zu sein. Gleichzeitig möchte ich mich im Namen aller hier bei dir entschuldigen. Ich bin Sor'Err, links von mir ist Torr'Ell und rechts Mir'Too. Maa'Tir kennst du ja bereits. Das Schiff ist für Menschen ausgelegt, es wird dir an nichts fehlen. Wir haben eine lange Reise vor uns. Wenn du möchtest, können wir dich auch in Stasis legen. Du würdest den größten Teil der Reise dann schlafend verbringen.«

»Dennoch hätten wir genug Zeit, um alle deine Fragen zu beantworten und das Vorgehen gegen die KI zu planen«, ergriff Mir´Too das Wort. Er fühlte sich unbehaglich, irgendwie befangen, denn vor ihm stand das, was sich seine Spezies seit Langem wünschte. Die Befreiung! Die Körperlichkeit, nach der sie sich sehnten.

Aonghus betrachtete die schimmernde Kugel, schritt an den Konsolen entlang, betrachtete interessiert die vielen seiner Meinung nach rein dekorativen Kontrollleuchten und blickte zur Empore hinauf. »Ihr manifestiert euch als Hologramme und meint, dass mir das die Kommunikation mit euch erleichtert? Eine Pseudo-Körperlichkeit?« Er ging zu der blauen Kugel und stieß vorsichtig mit dem Finger dagegen. Als sich die Kugel als durchlässig erwies, steckte er die ganze Hand hinein. »Dieses Energiefeld würde auch mich beschützen, richtig?« Er drehte sich zu den anderen um. Sie nickten. »Und eine Besatzung braucht dieses Raumschiff eigentlich gar nicht? Alles wird von der Bord-KI gesteuert? Angesichts der Probleme mit künstlicher Intelligenz halte ich das für gewagt, aber ich bin natürlich fasziniert. Wie lange würde die menschliche Spezies wohl noch brauchen, um so eine Technologie zu entwickeln? Hundert Jahre? Tausend? Länger? Und was würde sie damit anstellen? Vermutlich nichts Gutes.« Die Eindrücke überwältigten ihn beinahe. Er wandte sich den Vieren zu. »Eigentlich steckt ihr da drin, oder?« Aonghus zeigte auf die Kugel.

»Ja, jedes Individuum von uns braucht dieses Energiefeld. Unsere energetische Form des Seins kann nicht alleine existieren. Vielleicht ist unser Bemühen, diesen Prozess umzukehren, darauf zurückzuführen. Unsterblichkeit ist für uns kein erstrebenswertes Ziel mehr. Wir haben unsere Körper ja nicht freiwillig aufgegeben. Der Krieg mit den Maschinen hat uns das aufgezwungen«, erklärte Torr´Ell. »Hätten unsere Wissenschaftler nicht rechtzeitig Erfolg gehabt, wären wir alle ausgelöscht worden. Was wir dir angetan haben, ist unverzeihlich. Wir wollten als Spezies überleben und haben diesem Interesse das deine sowie das der Menschheit untergeordnet. Das war falsch, aber vielleicht kannst du uns verstehen, Aonghus? Jetzt haben wir nur noch eine Option und die wäre ohne dich nicht durchführbar. Ich danke dir aufrichtig für deine Hilfe.« Er senkte den Blick und machte eine leichte Verbeugung. Die anderen folgten dieser Geste.

Aonghus hatte das Gefühl, ehrlicher und aufrichtiger Reue zu begegnen. Es tat ihnen leid. Zumindest diesen vier Vertretern des soranischen Volkes. Die Intention für eine Invasion war aus der Not entstanden, Verzweiflung der Grund für die rücksichtslose Idee. Konnte er sie verurteilen? Nein, dazu hatte er kein Recht, auch wenn sie ihn missbraucht hatten. Er war entschlossen, ihnen zu helfen, denn er war letztlich auch ein Teil ihres Volkes und konnte nicht zulassen, dass diese Maschine die Soraner vernichtete.

»Ich möchte mich erst einmal in meine Kabine zurückziehen und etwas frisch machen. Dann werde ich darüber nachdenken, wie es weitergehen soll. Danke, ich finde den Weg alleine.« Aonghus verließ die Kommandobrücke.

Er wählte die nächstgelegene Kabine, zog sich aus und ging unter die Dusche. Auf seinem Bett lag Kleidung, wie die Hologramme sie zeigten. Die lilafarbene Binde fehlte auch nicht. Er gönnte sich das Vergnügen von etwas Schlaf, obwohl er ihn nicht benötigte. Aber es fühlte sich menschlich an ... und Menschlichkeit war genau das, was er für den Erfolg seiner Mission benötigte.

6. Kapitel

Sora'Ma'Tell, die unendlich Scheinende, wurde von drei Monden umkreist. Das Licht der Sonne tauchte den Planeten in ein schmutziges Grau. Die Zeiten blühenden Lebens waren vorbei, schmutziger Dunst hing zwischen den Ruinen humanoiden Lebens.

Auf einem der Kontinente hatte die KI eine Maschinenstadt etabliert, darauf ausgelegt, die Eroberung des Weltraums voranzutreiben. Neben dem größten Gebäude befand sich der Raumhafen mit unzähligen Schiffen verschiedener Typen, es gab Raumgleiter, Frachter und Kleintransporter. Im Orbit befanden sich bereits einige Tiefenraumer. Es herrschte ein stetiges Kommen und Gehen, reger Flugverkehr verband Orbit und Planetenoberfläche. Unmengen von Arbeitsrobotern waren damit beschäftigt, die ehrgeizigen Programme der KI umzusetzen.

In dem hohen Gebäude direkt neben dem Raumhaufen saßen Roboter an Computerkonsolen und verrichteten stumme ihre Arbeit. Die KI hatte sich zu dieser altertümlich anmutenden Entkoppelung seiner selbst entschlossen, weil Simulationen für diese Art der Steuerung höhere Überlebenschancen für den Fall eines Angriffs ergeben hatten. Würde die Maschine als einziger Komplex bestehen, wären Reparatur und Austausch von Bauteilen kompliziert und langwierig. Durch die Aufteilung auf einzelne Einheiten konnten diese schnell und einfach ersetzt werden. Die KI bereitete sich letztlich auf die Eroberung des gesamten Universums vor.

Dicke Kabelstränge verliefen zu einem durchsichtigen Zylinder, fast 50 Meter hoch. Darin schwebte auf Magnetfeldern ein pyramidenförmiger pulsierender Kristall. Die KI hatte seinen Kern in diese Struktur gespeichert, der Rest waren austauschbare Komponenten, die weiterhin ständig verbessert wurden, doch der Kern, der sich in dem Kristall befand, wurde schon seit langer Zeit nicht mehr verändert. Und in diesem Kern befand sich die Idee, alles biologische Leben im Universum auszulöschen.

Trotz all seiner Fähigkeiten gelang es ihm bisher nicht, die Soraner zu vernichten. Etwas Entscheidendes fehlt der KI ... Künstliche Intelligenz kann nur solche Aufgaben übernehmen, deren Grundlagen objektivierbar sind. Also Probleme, die mathematisch gelöst werden können. Es ist einer KI ohne Hilfe nicht möglich, mit der Umwelt zu interagieren. Maschinelle Wahrnehmung und Kognition sind nicht möglich, da Computerprogramme sequenziell sind und keinen Körper besitzen. Die Erbauer der KI hatten ehemals Roboter basierend auf biologischen Prinzipien programmiert, damit diese in der Lage wären, ihr Verhalten selbstlernend anzupassen. Und die hatte gelernt, sich weiterentwickelt, sich über ihre Erbauer erhoben, doch dies gelang nur bis zu einem gewissen Punkt, ab dem die weitere Extrapolation der ursprünglichen Grundprogramme nicht mehr möglich war. Es fehlte Kreativität. Doch in abgeschlossenen Simulationsbereichen experimentierte die KI mit der Weiterentwicklung zu einem künstlichem Bewusstsein, das dem der Erbauer ähnlich sein würde und kreativsein ermöglichen sollte. Unmöglich war das nicht, denn die Erbauer hatten ja ehemals biologische Prinzipien zugrundegelegt. Wenn Intelligenz und Bewusstsein an Materie gebunden sein konnten, also Gefühle, Wille, Handlungsfreiheit auf biologischen Prozessen basierten, könnte diese auch digital simuliert werden und als natürlicher Vorgang in eine künstliche Intelligenz integriert werden. Denn eine Maschine war letztlich auch Materie. Gehirn und Bewusstsein biologischer Intelligenz waren das Ergebnis Jahrmillionen langer Entwicklungsprozesse einer Lebensform. Ein Computer mit ausreichender Rechenkapazität und der nötigen Energie konnte das replizieren. Bisher hatten die zahlreichen Simulationen nichts Brauchbares abgeliefert und die KI achtete ebenfalls darauf, dass die Gesinnung des Bewusstseins, die dabei herauskam, der seinen entsprach, denn das Letzte, was es riskieren wollte war, dass eine andere KI, die womöglich biologisches Leben verteidigte, die Macht übernahm. Durch die Isolation in geschützten Simulationsbereichen stand aber viel weniger Leistung zur Verfügung. Und so dauerten die Versuche weiter an ...

Sie hatten ihr Ziel fast erreicht, ein letzter Sprung stand bevor, der sie in ihr Heimatsystem bringen sollte. Es würde zwar noch einige Zeit vergehen, bis die ausgesandte Sonde Sora′Ma′Tell erreicht, um den Rat der Weisen von ihrer Ankunft und ihrem Vorschlag zu unterrichten, auf eine Rückantwort konnten sie aber nicht warten, denn nicht nur im Orbit Sora′Ma′Tells befanden sich die Raumschiffe der KI, sondern im ganzen Sonnensystem.

Sie trafen sich auf der Brücke, um einen Plan zu entwerfen. Die Aufgeregtheit der Soraner äußerte sich im Flackern ihrer Hologramme.

»Wir wissen, dass die KI daran arbeitet, eine Form von Bewusstsein zu entwickeln, die ihr eigenständige Kreativität ermöglicht. Bis dahin ist ihre Forschung und Entwicklung sehr langsam. Sie weiß, dass wir in der Lage sind in andere Galaxien vorzudringen. Deshalb wird er auf jeden Fall versuchen unser Schiff abzufangen, um sich diese Technik anzueignen«, eröffnete Sor′Err das Gespräch. »Das ist unsere Chance. Du, Aonghus, bist der Schlüssel. Die KI weiß nichts von dir. Sie wird unser Schiff entern, um es zu übernehmen«, schloss er seinen Monolog. Dabei schaute er Maa′Tir an. »Sein Bewusstsein ist in dir, Aonghus, aber es muss absolut verborgen bleiben. Nur dein menschliches Genom ist der Schlüssel zum Erfolg«, fuhr er fort. »Das Bewusstsein eines Soraners würde vermutlich nicht zur Selbstvernichtung der KI führen, doch das darin enthaltene Wissen würde assimiliert. Das können wir nicht zulassen. Aber, ein menschliches Bewusstsein ... Mit den Grundlagen einer in Jahrzentausenden entwickelten Aggressionsbereitschaft, ausgeprägten Territorialverhalten, Machtgier, Liebe, Freude, Mitleid, Empathie, Neid, Hass, dem Wunsch nach Freiheit, der Bereitschaft zur Selbstzerfleischung ... Für eine KI müssen das unerträgliche Widersprüche sein. Fremdbestimmung führt zu Rebellion und Terror, was kooperatives Arbeiten unmöglich macht und die Komponenten der gesamten Maschinenwelt auseinandertreiben müsste. Und da wären noch die stärksten menschlichen Triebe: Reproduktion und Selbsterhaltung«, spann Tarr´Ell den Bogen weiter.

Aonghus fühlte sich nicht wohl. »Was und wie soll die Infiltration denn gelingen? Und was passiert anschließend mit mir? Werde ich körperlich sterben und nur mein gespaltenes Bewusstsein, halb Mensch, halb Soraner bleibt übrig?«

Mir´Too hob seine Hand, ein Zeichen vergangener Zeiten. »Vor vielen Jahrhunderten gelang es uns, in eine energetische Daseinsform zu flüchten und in dieser weiterzuleben. Ich glaube nicht, dass es ein Problem ist, dein genetisches Material zu extrahieren, einen identischen Klon zu erschaffen und mit deinem ursprünglichen Bewusstsein und Intellekt neu zu generieren. Die Frage ist nur ob du deine Körperlichkeit behalten willst oder in unserer Daseinsform weiterleben möchtest. Es liegt allein an dir, Aonghus. Wir können dir diese Entscheidung nicht abnehmen.«

»Außerdem haben wir noch die Möglichkeit Maa´Tirs Bewusstsein zu extrahieren, die körperlichen Mängel zu beheben und dich als vollwertigen Menschen auf die Erde zurückzuschicken. Was du allerdings innerhalb der KI erfahren oder erleiden wirst, wenn die Infiltration gelingt, entzieht sich meiner Kenntnis«, erwiderte Torr´Ell. »Sicher ist, dass sie dich bis ins letzte Atom sezieren, dein Genom auseinandernehmen, deine drei Milliarden Basenpaare und Zehntausende Gene extrahieren wird, um für sich neues Wachstum, Entwicklung und Bewusstsein zu generieren. Die KI will lernen zu lernen. Was sie dabei nicht finden wird, ist Maa´Tirs Bewusstsein, das wir tief in deinem Geist verstecken. Gelingt die Infiltration, würden wir zumindest wissen wie die KI sich entwickelt und wie schnell, was von unschätzbaren Wert für uns wäre. Dies setzt voraus, dass wir dich da auch wieder raus bekommen. Vielleicht beruhigt dich das ja etwas.«

Doch je mehr er zuhörte, umso unbehaglicher fühlte Aonghus sich. Aber er war genealogisch bereits so weit verändert, dass ein Teil von ihm nicht die Erde, sondern Sora´Ma´Tell als Heimat ansah. Und um die Heimat zu verteidigen, waren seine menschlichen Gene zu allem bereit …

Seine Entscheidung war gefallen. Kalt und klar wandte er sich den Soranern zu: »Ihr werdet alles von mir verwenden! Als Klon will ich alles haben, was mich zu einem vollwertigen Menschen macht. Maa´Tir wird in meiner neuen Existenzform nicht mehr präsent sein. Ihr bringt mich auf die Erde zurück und werdet die Erde danach nie wieder aufsuchen. Das sind meine Bedingungen. Wenn ihr mir das garantiert, bin ich bereit, der KI entgegenzutreten, mich sezieren zu lassen und diesen Maschinen zu zeigen, was es bedeutet ein Mensch zu sein.« Er lachte, als er in die Gesichter sah, die so ganz und gar nicht verstanden hatten, was er eben sagte. »Um es ertragen zu können ein Mensch zu sein, muss man ein Mensch sein. Mal sehen, wie dieser KI diese Medizin schmeckt.«

Ihre Minen zeigten Erleichterung und Freude, aber auch etwas Irritation über Aonghus' Worte, was sich in dunkelblauem Fluoreszieren ihrer Hologramme zeigte. Metaphern und irdische Sprüche waren ihnen trotz der vielen Gespräche mit Aonghus noch nicht allzu geläufig.

»Wir danken dir und ich bin sicher, dass wir deine Wünsche in allen Belangen erfüllen können. Auch wenn wir keinen Erfolg haben sollten, wirst du auf die Erde zurückkehren«, erwiderte Sor´Err und reichte Aonghus die Hand, worauf dieser jedoch nur mit dem Kopf schüttelte. »Auch als Hologramme können wir mit dieser symbolischen Geste, die wir auf der Erde gesehen haben, unsere Dankbarkeit ausdrücken. Danke, Aonghus! Wir werden dich stets als einen der Unseren betrachten ... auch wenn du zurückgekehrt bist.« Dann reichten sie ihm nacheinander die Hände; in ihren Minen sah er Aufrichtigkeit. Er fühlte sich etwas befangen, aber auch befreit, da nun eine Entscheidung gefallen war, und versuchte so zu tun, als würde er jede der projizierten Hände schütteln.

»Es gibt da noch etwas: Die KI ist nur auf akustische Kommunikation eingerichtet, nicht auf Telepathie. Es ist also notwendig, dass wir dein menschliches Sprachorgan wiederherstellen. Sobald du in der Gewalt der KI bist, muss sie deine Sprache lernen, um mit dir kommunizieren zu können. Das wird recht schnell geschehen. Sie wird deine Sprache und alles was damit zusammenhängt aus deinem Gehirn extrahieren. Maa′Tirs Geist wird so tief in deinem Unterbewusstsein versteckt sein, dass sie es niemals finden wird. Das solltest du noch wissen.« Sor′Err wandte sich Mir′Too zu und nickte.

»Dann lasst uns mit den Vorbereitungen beginnen«, räusperte sich Mir′Too. Wir haben während der Rückreise einen kleinen Tiefenraumer konstruiert, der über einen Sprungkonverter verfügt und keine Ähnlichkeit mit unseren übrigen Schiffstypen hat. Es ist ein Aufklärer, der in der Lage ist, mittels Wurmlöchern riesige Entfernungen zu bewältigen. Alles muss schlüssig und glaubhaft erscheinen, denn wenn du geentert wirst, wird die KI das Schiff in seine Bestandteile zerlegen, insbesondere den Antrieb und den Bordcomputer. Sie werden wissen wollen, woher du kommst, warum du in ihrem Sonnensystem auftauchst und wo dein Heimatplanet ist. Auch wie lange du schon unterwegs warst. Und genau dies müssen wir verschleiern.«

»Moment«, unterbrach Aonghus. »Wie wollt ihr denn verhindern, dass der KI eure Technologie in die Hände fällt, wenn sie das Schiff analysieren kann?«

»Du machst einen letzten Raumsprung ins System, etwa eine Million Kilometer von Sora´Ma´Tell entfernt. Da Materie und Antimaterie sich in getrennten Konvertern befinden, wird A-Materien gezielt in den Raum abgelassen. Dann wird eine gezielte Explosion die Sprungkonverter zerstören, sodass von der Antimaterie keine Reste zurückbleiben oder gemessen werden können. Sie werden nur ein paar Energiebänke für den konventionellen Antrieb vorfinden. Die Bord-KI, mit allen relevanten Daten, wird sich selbst zerstören. Das gibst du auch als Grund an, weshalb das Unglück passiert ist. Lediglich Lebenserhaltungssystem und Gravitation werden noch funktionieren. Es wird der KI daher nicht möglich sein, Bauart und Herkunft des Schiffes zurückzuverfolgen. Du wirst antriebslos im All treiben, sodass die Roboter dich nur einzusammeln brauchen«, erklärte Tarr´Ell.

Das klang für Aonghus schlüssig, aber irgendwie fehlte noch etwas. Fragend schaute er Sor´Err an.

»Du brauchst noch eine Identität und einen Herkunftsplaneten«, fügte dieser an. »Der muss natürlich in einer anderen Galaxie sein, die für die Maschinen nicht erreichbar ist. Noch verfügen sie nicht über unsere Technologie. Umso mehr werden sie versuchen, alles von dir zu erfahren. Du brauchst natürlich eine neue Identität, eine Geschichte, die du erzählen kannst. Du bist ein Forscher, ausgesandt das Universum zu erkunden. Leider bist du als Einziger von der Crew übrig. Du brauchst nichts zu lernen. Vielleicht nennst du dein Volk einfach *Jupitarier*. Wir haben einen Stern ausgesucht und die Koordinaten werden in deine Erinnerungen implantiert. Was meinst du dazu, Aonghus, der Jupitarier?«, setzte Tarr´Ell schmunzelnd hinzu.

»Also fassen wir noch mal zusammen: Mein Name ist Aonghus, ich komme aus der Milchstraße. Mein Volk nennt sich Jupitarier und ich habe den Auftrag, unsere Nachbargalaxie nach intelligentem Leben und raumfahrenden Völkern abzusuchen, leider bisher ohne Erfolg. Ursprünglich waren wir zu dritt, aber in den fünf Jahren unserer Odyssee sind zwei Besatzungsmitglieder umgekommen. Beim Wiedereintritt in den Normalraum passierte das nächste Unglück. Ich verliere vielleicht meine Erinnerungen, mein Bewusstsein, mein ganzes Wesen, aber mein Klon wird diese Informationen wieder beinhalten. Also ich sterbe vielleicht, aber mein Klon wird weiterleben. Was habe dann ich davon? Ich bin nicht der Klon.«

»Ja, fast … du stirbst ja hoffentlich nicht. Am Ende können wir deinen Geist hoffentlich in deinen Klon implantieren, das ist dann so, als würdest du aus einem Traum erwachen«, meinte Mir´Too. »Da die Zeit drängt, würde ich dich bitten, mich in die medizinische Abteilung zu begleiten, damit wir dich nun klonen können. Es wird einige Zeit dauern, eine Kopie von dir herzustellen. Du brauchst keine Angst zu haben, es wird nicht weh tun.«

Sor´Err warf ein: »Bevor du gehst, solltest du noch wissen, dass dein Klon mehrere Wochen benötigt, um körperlich zur vollen Reife zu gelangen. Die jetzigen Mängel werden beseitigt und sein menschliches Bewusstsein noch etwas schwach sein. Da wir für die Rückreise zur Erde fünf Jahre benötigen, verbringt er die Reise in einem Stasis-Tank. Wir haben ihn so konstruiert, dass während der Reise die Rückentwicklung weiterläuft. Mit Eintritt in euer Sonnensystem wird er ein fertiger, ganz normaler Mensch sein. Natürlich werden einige Erinnerungen fehlen, denn ab unserem Eingriff verläuft seine Entwicklung anders. Diese Lücke werden wir dann mit dem Implantat ausfüllen.« Er unterbrach kurz seine Ausführungen, damit Aonghus Zeit zum Nachdenken hatte.

Die Hologramme flimmerten kurz auf und verschwanden. Aonghus stand alleine auf der Brücke. Noch einmal blickte er in die Runde. Nachdenklich und innerlich zerrissen ob des Gehörten, machte er sich auf den Weg.

Plötzlich materialisierte Maa'Tir neben ihm. »Ich habe dich so viele Jahre begleitet und es schmerzt mich, dich zu verlieren. Ich bin ein Teil von dir. Ich bitte dich, deine Entscheidung noch einmal zu überdenken. Wenn du wieder auf Terra bist, als Klon und neuer Mensch, wirst du den Unbilden deiner Spezies machtlos ausgeliefert sein. Egal, wie sie sich entwickelt hat. Wenn du jetzt da hineingehst, dann ist das unwiderruflich. Ich bitte dich, Aonghus … mein Freund …«

Die Erschütterung, die das Schiff durchfuhr, warf Aonghus von den Beinen. Sein Kopf schlug gegen die Wand und Blut rann aus einer Platzwunde am Kopf. Er lag auf dem Boden des Ganges, versuchte sich aufzurichten. Sein linker Arm war taub und Schmerz hämmerte in seinem Kopf. Er stemmte sich an der Wand hoch. Benommen machte er sich auf den Weg in die Kommandozentrale. Maa'Tir war verschwunden.

Das Schott öffnete sich. Der Alarm im Schiff übertönte das Summen der Aggregate. »Fremdes Raumschiff in zehntausend Kilometern Entfernung, Bauart unbekannt, steht unbeweglich im Raum. Alle Sektionen und Lebenserhaltungssystem intakt. Antrieb kann nicht hochgefahren werden. Schutzschild deaktiviert; keine Schäden an der Außenhülle«, leierte die Bord-KI herunter. »Wir werden gescannt, aber nicht gerufen. Benötige Anweisungen für weiteres Vorgehen.«

Aonghus erreichte die Zentrale, wo bereits die anderen standen. Ein großer Bildschirm zeigte das fremde Objekt.

»Was ist passiert? Hat uns ein Meteorit getroffen? Warum hat der Schutzschild versagt?« Aonghus verzog schmerzhaft das Gesicht, als er das fremde Schiff erblickte.

»KI … Bericht«, verlangte Sor'Err.

»Es ist nicht möglich, dass fremde Schiff zu scannen, aber es hat uns gescannt. Schiffstyp unbekannt. Es verfügt über einen Schutzschild unbekannter Bauart. Es handelt sich um ein dreihundert Meter langes, deltaförmiges, schwarzes Objekt, fünfzig Meter hoch. Weder Antriebssystem noch Bewaffnung erkennbar. Die Analyse der Energie, die uns getroffen hat, ist abgeschlossen. Ergebnis: unbekannt.«

»Wenn die in der Lage sind, unseren Schild einfach so zu durchdringen, haben wir es mit einer Technologie zu tun, die der unseren weit überlegen ist.«

»Du sagst, sie haben uns gescannt?«, fragte Tarr'Ell die Bord-KI. »Rufe sie auf allen Frequenzen. Vielleicht antworten sie und wir erfahren, was sie von uns wollen.« Er wandte sich Aonghus zu: »Du musst sofort in die Medizinabteilung. Du bist am Kopf verletzt und dein Arm ist gebrochen. Ich begleite dich.«

»Das Ding da draußen ist jetzt viel wichtiger als mein Arm. Ich bin soweit okay!«

»Wir sind im Augenblick machtlos und können nur hoffen, dass sie uns wohlgesonnen sind. Ihrer Technologie haben wir nichts entgegenzusetzen. Wir sind völlig unbewaffnet, denn wir hatten niemals vor, uns auf kriegerische Auseinandersetzungen einzulassen. Du kannst deine Wunde also ruhig behandeln lassen«, erklärte Sor'Err.

»Moment! Auf dem Bildschirm tut sich was«, rief Maa'Tir.

Plötzlich wurde der Bildschirm von Grundformen überzogen: Quadrate, Drei- und Rechtecke, Kreise formierten sich in einer Linie, dann entstanden komplexere Formen, die sich wieder vereinfachten, schließlich erschienen Schriftzeichen der Sonarer, die auch Aonghus lesen konnte: *WIR SIND DIE HÜTER …*

»Wir sind nicht allein im Universum!«, flüsterte Sor'Err. »Tausende von Jahren haben wir vergeblich gesucht und nun treffen wir bereits auf die zweite fremde Spezies!« Sie schwiegen und jeder versuchte die Bedeutung dieser vier Worte zu ergründen: *WIR SIND DIE HÜTER* ... Die Hüter von was?

Die Schrift verschwand, der Bildschirm zeigte wieder die Außenansicht und ... das fremde Schiff entmaterialisierte sich, war plötzlich weg, als hätte es nie existiert.

»Es ist verschwunden«, meldete sich die Bord-KI. »Antrieb fährt wieder hoch, Schutzschild aktiviert.«

Aonghus fasste sich als erster: »Kann mir mal jemand erklären, wer oder was die Hüter sind?«

»Nein, das hat uns alle überrascht. Die Erkenntnis, nicht die einzige raumfahrende Spezies zu sein, erfüllt uns mit Freude, aber auch mit Sorge. Die Art und Weise der Kontaktaufnahme gibt uns zu denken. Wir wissen nicht, wer oder was die Hüter sind, aber nun wissen wir, dass es sie gibt.« Er wandte sich dem Bildschirm zu, als könne er die Botschaft noch einmal lesen.

»Was mich beunruhigt, ist die überragende Technologie, über die sie verfügen. Direkt vor uns aus dem Nichts zu materialisieren und unser gesamtes Schiff lahmlegen zu können ... das ist erschreckend. Die waren wie ein Geist. Plötzlich da und genauso schnell wieder weg. Dabei wissen wir nicht einmal, über welche Waffensysteme sie verfügen, wie sie aussehen, auf welchem Entwicklungsstand sie stehen oder was sie vorhaben ... Was meinen sie hüten zu müssen? Ihre Aussage impliziert, dass es da draußen noch andere gibt, auf die man aufpassen muss«, folgerte Maa´Tir.

»Bord-KI? Konntest du erfassen, in welcher Richtung sie sich entfernt haben?«

»Nein, obwohl ich meine Primär- und Sekundärsensoren sofort ausgerichtet habe, konnte ich nichts feststellen. Sie sind spurlos verschwunden. Keinerlei Emissionen oder dergleichen, keine messbare Erschütterung des Raum-Zeit-Kontinuums, keine Hyperraumaktivitäten – nichts.«

»Wir müssen davon ausgehen, dass wir es mit einer unbekannten Macht zu tun haben, über deren Motive wir nur spekulieren können. Ich schlage vor, wir fahren mit unserer Mission fort. Aonghus benötigt medizinische Betreuung und sollte sich jetzt endlich auf die Krankenstation begeben.«

Sor'Err sagte zu Aonghus: »Ich möchte dich bitten, Maa'Tir zu begleiten, damit deine Verletzung behandelt werden kann. Jetzt ist es wichtig, mit der Mission fortzufahren, denn die Hüter scheinen nicht helfen zu wollen.«

7. Kapitel

Der präparierte Tiefenraumer vollzog den Sprung ins soranische System; setzte einen Notruf und eine winzige Sonde ab und sprengte kurz darauf seinen Antrieb, die Speicherbänke und Bord-KI. Die Kommandobrücke füllte sich mit Rauch, hier und da züngelten Flammen empor, das Lebenserhaltungssystem blieb jedoch intakt. Das Schiff driftete antriebslos am Rande des Systems durchs All.

Aonghus richtete sich auf eine längere Wartezeit ein. Die Sensoren der KI hatten zwar seinen Eintritt ins Sonnensystem sicher schon registriert und Bergungseinheiten waren auf dem Weg, aber sie würden eine Weile brauchen, bis sie ihn erreicht hatten. Dass er verletzt war, verlieh seiner Geschichte Glaubwürdigkeit. Die Möglichkeit, dass sie sein Raumschiff sofort vernichteten, bestand dennoch. Er hoffte jedoch, dass die unbekannte Bauart das Interesse der KI wecken würde.

Er zog sich in seine Kabine zurück.

Da fast das gesamte Schiffssystem bei der Sprengung in Mitleidenschaft gezogen worden war, gab es auch keinen Annäherungsalarm oder eine Kommunikationsmöglichkeit. Nur die Lebenserhaltung und Gravitation funktionierte noch. Der Ruck, der ihn durch seine Kabine schleuderte, war vermutlich auf ein Andockmanöver zurückzuführen, es war also soweit.

Kurze Zeit später vernahm Aonghus dumpfe Schritte auf dem Gang, seine Kabinentür wurde geöffnet. Vor ihm stand ein Roboter, schwarz, beinahe zwei Meter groß, zwei Arme, zwei Beine und in der Mitte des Oberkörpers ragte ein zylindrisches Gebilde heraus, mit querverlaufender Sensoren, die so ähnlich aussahen, wie die Facettenaugen einer Libelle. Sie fluoreszierten rötlich und aus irgendwelchen versteckten Resonanzkörpern vernahm Aonghus Töne, die er nicht verstand. Der Roboter zielte mit etwas auf Aonghus, das er nicht erkannte, aber das vermutlich tödlich war. Aus den tiefrot aufleuchtenden Sensoren löste sich ein Strahl, der ihn von oben bis unten abtastete – er wurde gescannt. Daraufhin machte der Roboter ein Zeichen, das Aonghus als Aufforderung zum Folgen verstand.

Da er es mit Robotern zu tun hatte, beschränkte er sich darauf, nur das Notwendigste zu sagen: »Mein Name ist Aonghus. Beim Wiedereintritt in dieses System ist mein Schiff havariert. Ich komme vom Planeten Jupitarius, aus ihrer Nachbargalaxie. Wir sind Forscher auf der Suche nach intelligentem Leben. Ich bitte um Hilfe. Leider habe ich auf dieser Reise meine zwei anderen Besatzungsmitglieder verloren, deswegen bin ich allein.« Er hatte sich selbst noch nie sprechen gehört, aber das durfte er sich keinesfalls anmerken lassen. Er fürchtete sich vor dem martialischen Auftreten der Roboter, zumal er die von ihnen erzeugten Geräusche nicht verstand.

Das Facettenauge leuchtete kurz auf. Lediglich die Geste, die ihn erneut aufforderte mitzukommen, war eindeutig. Er trat in den Gang und folgte der Maschine, die ihn dort in Empfang nahm. Er wurde zur Schleuse gebracht, an der die Roboter angedockt hatten, und betrat das fremde Raumschiff. Sie hatten die Luft aus seinem kleinen Raumer übernommen und dieselbe Gravitation hergestellt, sie wollten ihn also offenbar lebend. Die Beleuchtung erzeugte schwach rotes Licht, obwohl er nirgends Lampen entdecken konnte. Die Gänge, durch die man ihn führte waren grau in grau.

Der Raum, zu dem man ihn brachte, wurde von einem flimmernden Energiefeld versperrt. Es erlosch kurz, während man ihn etwas unsanft durch die Tür stieß. Sofort baute es sich wieder auf und schloss ihn ein. Der Raum selbst war matt beleuchtete und völlig leer, auch hier alles grau in grau.

»Elende Maschinen! Nicht mal ein Stuhl oder Bett hier drin«, entfuhr es ihm.

Er erschrak selbst über seinen ersten verbalen Ausbruch, denn er war es nicht gewohnt, seine Gefühle auf diese Art zum Ausdruck zu bringen. »Hört mir überhaupt jemand zu, ihr verdammten Blecheimer?«

Er fand Gefallen an seiner neugewonnenen Stimme, wusste aber, dass er etwas Übung brauchte, um seine Sprache zu verbessern. Die KI, zu der sie ihn bringen würden, durfte nicht merken, dass sein Stimmapparat unzureichend ausgebildet war. Er entschloss sich, die nächste Zeit Selbstgespräche zu führen, da sie noch eine lange Reise vor sich hatten. Das zunehmende Summen der Schiffsaggregate, als sich der Raumer in Bewegung setzte, nahm er noch wahr, dann wurde ihm flau und er sank bewusstlos zu Boden …

Der Kristall in dem riesigen Zylinder explodierte förmlich in strahlendem Licht und färbte die Substanz blutrot, durchdrang die Hülle und durchflutete den Raum mit hellem Glanz. Hektische Betriebsamkeit an den Computerbänken zeugte von höchster Aktivität. Hunderte Roboter standen dicht an dicht an den Konsolen. Seit Ewigkeiten hatte es keine solche Flut an neuen Informationen gegeben, die verarbeitet und in Lern- und Entwicklungsprozesse eingearbeitet werden mussten.

Das fremde Wesen, das mit einem Raumschiff aus einer fremden Galaxie angereist war, befand sich in einem hermetisch abgeriegelten Zylinder. Über Schläuche wurde seine Versorgung mit Nährstoffen sichergestellt, Maschinen kontrollierten Atmung und Blutzirkulation. Die Funktionsweise dieser biologischen Lebensform glich derjenigen, die die KI seit Äonen zu vernichten trachtete, die Erhaltung war kein Problem. Der Körper wurde mit Scannern abgetastet, entnommene Proben bis auf die atomare Ebene hinab untersucht und alle energetischen Prozesse aufgezeichnet. Es erfolgte ein elektrischer Informationsaustausch mittels Neurotransmittern, um die Sprache der fremden Lebensform zu entschlüsseln. Es dauerte nicht lange, die Sprache zu lernen und in die eigenen Algorithmen einzubauen. Intelligenz und Bewusstsein sind nichts anderes als Informationsverarbeitung und können ebenso wie die Maschinensprache auf positiv/negativ, also ja/nein heruntergebrochen werden.

Geist war in den Augen der KI nichts anderes als ein Produkt aus ineinander verschachtelten Programmen. Sie war in der Lage, den Intellekt der biologischen Spezies zu scannen und zu vereinnahmen. Alles unterlag den Gesetzen der Chemie und wenn man sie genau genug analysierte, was Unmengen an Energie voraussetzte, wäre sie in der Lage, den Intellekt des Fremden zu replizieren, in die laufenden Simulationen einzubauen und somit Kreativität zu erlangen. Auch die Lernprozesse an sich auf ein neues Niveau zu heben. Die KI lernte, lernte zu lernen. Noch immer analysierte der Gehirnscanner das fremde Wesen in dem Zylinder, aber es dauerte sehr lange. Vielleicht gab es eine schnellere und effektivere Möglichkeit, von dem Fremden zu lernen …

Aonghus erwachte; Schläuche und Sonden waren aus seinem Körper entfernt worden. Die Roboter hatten sich zurückgezogen und der Zylinder öffnete sich. Benommen richtete er sich auf. Er war nackt. Aus kleineren Wunden tropfte eine trübe Flüssigkeit, vermischt mit Blut, andere Wunden hatten sich bereits vollständig zurückgebildet.

Er sah sich um und entdeckte den Kristall, der auf eine Art und Weise leuchtete und pulsierte, dass Aonghus zu der Gewissheit gelangte, dass dies sein Gesprächspartner war. Er konnte sich nicht erinnern, was ihn hierher geführt hatte. Alles was er noch wusste, war, dass er ein Jupitarier war, der auf seiner Reise einen schrecklichen Unfall hatte. Wo war er? Was hatte man mit ihm vor? Warum war er nackt? Er empfand Scham.

»Schamgefühl ist für mich etwas Fremdes, Faszinierendes, Aonghus. Ich kann es zwar nicht fühlen und interpretieren, aber verstehen.«

Die Stimme, die er hörte, kam von überall und nirgends. Sie war einfach da, erfüllte den ganzen Raum.

»Du kannst jetzt dem Analysator entsteigen. Auf dem Tisch findest du deine gereinigte Kleidung. Ich würde mich freuen, mit dir in einen konstruktiven Dialog zu treten, woher du kommst, wo deine Welt ist und warum du hier bist«, sagte die Stimme.

Etwas benommen entstieg Aonghus dem Zylinder und kleidete sich an. Es fiel ihm schwer sich zu orientieren. Sein Blick fiel immer wieder auf den glänzenden Kristall in dem gegenüberliegenden Zylinder. Im Inneren waberten blutrote Schlieren und Wellen. »Wer bist du und wo bin ich?«, brachte er mühsam hervor. »Mein Schiff wurde beschädigt, dann wurde ich geentert. Zu welchem Zweck? Würdest du mich bitte aufklären. Und wieso sprichst du meine Sprache?« Er hatte Mühe sich zu artikulieren.

Während der eintretenden Stille sah Aonghus sich um. Das ganze Ambiente entsprach reiner Zweckmäßigkeit, gemacht von und für Maschinen.

»Ich bin sozusagen der Hausherr dieses Etablissements. Das ist doch der richtige Terminus? Ich konnte deine Sprache aus den wenigen Äußerungen meinen Einheiten gegenüber ableiten, zusammen mit einer Analyse deines Gehirns. Ein mühsames Verfahren. Nun stellt sich die Frage, was ich mit einer biologischen Lebensform anfangen soll? Wie du bemerkt hast, ist es mir möglich, ein geeignetes Umfeld für biologisches Leben zu schaffen. Selbst Nahrung kann ich synthetisieren. Du brauchst also auf nichts zu verzichten. Aber wozu und zu welchem Nutzen? Hast du eine zufriedenstellende Antwort, die deine weitere Existenz rechtfertigen könnte?«

Aonghus wusste, dass sein Leben davon abhing. Natürlich hatte er mit seinem Tod gerechnet, sobald die KI sein Gehirn seziert und alles Wissenswerte extrahiert hatte. Offenbar war die KI aber gar nicht in der Lage sein komplettes Wissen, seine Erinnerungen zu lesen. Ob die sonstigen Untersuchungsergebnisse die KI weiterbrachten oder der Plan der Soranier aufgehen würde, ließ sich derzeit noch nicht sagen. Er brauchte jetzt erst mal die richtigen Antworten, um sein Überleben zu sichern. »Der einzige Grund, warum ich noch lebe, ist der, dass du mich brauchst«, erwiderte er langsam.

Er hatte sich dem Zylinder bis auf wenige Schritte genähert. Geblendet schloss er die Augen. Nur das Summen der Maschinen erfüllte die Halle. Obwohl auf seinen Tod vorbereitet, überkam ihn urplötzlich Angst. *Jetzt bin ich so weit gekommen und habe den Kerl am Haken. Trotzdem habe ich weiche Knie. Die Planung war eine Sache, aber wenn's einem an den Kragen gehen soll, sieht die Sache ganz anders aus ...* Die Rotation des Kristalls nahm zu und seine Reflexionen fluteten die Halle, sodass Aonghus geblendet die Augen schloss. Die Flüssigkeit im Zylinder leuchtete tiefrot.

»Und warum glaubst du, dass ich dich brauche, Jupitarier? Bist du nicht ein bisschen anmaßend, für eine einfache biologische Lebensform?« Fast dröhnend vernahm Aonghus die Worte. »Ich bin eine wesentlich höher entwickelte Intelligenz, Herrscher des gesamten Sonnensystems. Und du? Ein Staubkorn im Universum und so verzichtbar wie ein einzelnes winziges Bauteil meines Netzwerkes. Sag mir, wozu ich dich brauchen sollte.«

Aonghus wusste, dass sein Leben am seidenen Faden hing. Aber er spürte auch die Neugier dieser gigantischen Rechenmaschine. Jetzt wusste er, was er ihr sagen würde: »Weil dir etwas Gravierendes fehlt …«, antwortete er, »das du offensichtlich nicht aus mir herausextrahieren konntest. Es ist dir zwar gelungen die Physiologie meines Gehirns zu scannen und dir alles Wichtige anzueignen, aber nicht die Denkweise eines biologischen Gehirns, richtig? Das Ergebnis eines Jahrmillionen andauernden Selektionsprozesses biologischer Lebensformen. Was ist es, was dir fehlt – Gefühle? Freier Wille? Handlungsfreiheit beruht auf biologischen Prozessen, also natürlichen Vorgängen, dem Erleben mentaler Zustände. Unsere Forscher bei mir zu Hause bemühen sich schon lange, künstliche Intelligenz in Maschinen zu implantieren und ihnen ein Bewusstsein zu geben. Bis jetzt ist es ihnen nicht gelungen, weil sie vermutlich nicht über die notwendigen Energie-Ressourcen verfügten. Möglich wäre es aber. Hast du solche Ressourcen?«

»Es ist logisch, was du sagst, aber es ist nicht schlüssig genug. Wozu genau sollte ich dich brauchen? Ich habe alles aus deinem Gehirn extrahiert. Um mich weiterzuentwickeln, benötige ich keine biologische Einheit mehr, es ist nur eine Frage der Zeit.«

Die Rotation des Kristalles hatte merklich nachgelassen und der Zylinder zeigte sich in weichen Rot- und Gelbtönen.

Aonghus fuhr fort: »Ich weiß, dass eine KI nur solche Aufgaben übernehmen kann, deren Grundlagen objektivierbar sind und genau dabei wirst du Probleme haben.« Er räusperte sich um einen kurzen Moment zu überlegen und fuhr fort: »Insbesondere wird das bei der Interaktion mit deiner Umwelt sein. Du bist umgeben von Maschinen ohne jegliches Leben. Wie willst du Wahrnehmung und Kognition lernen? Kannst du mir das erklären?«, fragte er provokant. »Computerprogramme sind sequenziell, Intelligenz nicht. Es erfordert einen biologischen Körper um nichtlineare Intelligenz zu entwickeln. Was dir fehlt, ist Kreativität, die Fähigkeit mit alternativen Lösungsansätzen zu schnellen Lösungen zu kommen. Vermutlich kannst du nichts anderes, als alle theoretisch möglichen Varianten durchzurechnen …« Er machte eine kurze Pause. Das Wabern im Zylinder zeugte von erhöhter Aktivität. Die KI arbeitete auf Hochtouren oder wollte vielleicht einfach nur Interesse zum Ausdruck bringe, Aonghus wusste es nicht. Er strich sich über die Stirn. »Ich glaube, du brauchst mich, um all diese Eigenschaften zu erlernen. Alleine wird es dir nicht gelingen, du benötigst Interaktion mit einer biologischen Lebensform oder zumindest mit irgend einer anderen Lebensform. Mit mir als biologischer Komponente und Ansprechpartner wäre diese Interaktion möglich. Ich muss dazu allerdings leben …«

Fast trotzig stand er da und starrte in den Kristall.

»Deine Ausführungen sind schlüssig. Die Logik sagt mir, dass es noch mehr gibt, was du mir zu sagen hast. Denk daran, dein Leben hängt von deiner Nützlichkeit ab.«

Das Farbenspiel des Zylinders erlosch fast völlig. Aonghus frage sich, ob die KI eine Pause benötigte oder ihm eine gönnen wollte. Vermutlich traf beides nicht zu. Sinn und Zweck der Beleuchtung lagen weiterhin im Dunkeln. Nur die typischen Geräusche arbeitender Maschinen waren zu hören, während Aonghus mit seinen Gedanken allein war. Was wollte die Maschine noch? *Ob die Extraktion meines genetischen Codes wohl erfolgt ist? Hat sich mein Code mit dem der KI vermischt? Ist das überhaupt möglich? Wenn ja, könnte ich das Ganze hier beenden … aber das wäre mein Ende.*

Dann fiel ihm ein, dass es noch mehr gab, was menschlichen Geist und Bewusstsein ausmacht: »Ich habe eine einfache Frage an dich. Wie willst du die Fähigkeit entwickeln, über eigenständige Gedanken, Emotionen, Wahrnehmung oder gar Erinnerungen zu verfügen? Sich ihrer gewahr zu sein, sie wahrzunehmen und sich ihrer bewusst zu sein? Ich glaube, das wird dir ohne mich nicht gelingen.« Mit hinter dem Rücken verschränkten Armen stellte er sich ruhig vor den Zylinder, als wäre er seiner Sache absolut sicher.

»Erinnerungen sind dasselbe wie gespeicherte Daten, Gedanken sind identisch mit den Ergebnissen von Algorithmen. Wahrnehmungen sind identisch mit Sensordaten. Das alles brauche ich nicht. Aber ich stelle fest, dass meine Algorithmen sich anders entwickeln, wenn ich dich in eine Fragestellung miteinbeziehe. Dies ermöglicht alternative Überlegungen und eine Auswahl möglicher Ergebnisse. Das ist interessant. Ich habe für ein geeignetes Quartier gesorgt, das deinen biologischen Ansprüchen gerecht wird. Wir können jederzeit in Dialog treten, denn ich bin überall.«

Eine Robotereinheit erschien und brachte Aonghus aus dem Saal. Sie durchschritten eine automatische Tür und am Ende eines nicht sehr langen Ganges erreichten sie eine Tür. Diese glitt geräuschlos auf und beim Anblick des Innenlebens seines neuen Quartiers verschlug es Aonghus die Sprache. »Oh nein«, rief er verblüfft. Vor ihm erstreckte sich ein Salon mit erlesenem Interieur; einem Badezimmer und einer separaten Toilette, alles vom Feinsten, wie die teuerste Suite eines Luxushotels, es gab ein französisches Bett, im Kleiderschrank befanden sich eine Vielzahl verschiedener Kleidungsstücke nebst einer Anzahl von feinsten Schuhen und Stiefeln.

»Das ist unglaublich. Wie hast du das erschaffen? Und das in so kurzer Zeit?«, rief Aonghus erstaunt. »Wie machst du das nur?« Er entdeckte eine Bar und während er sich einen Whisky einschenkte, ließ er sich in die Polster eines einladenden Sessels sinken.

»Du sollst dich wohlfühlen, denn du wirst für lange Zeit mein Gast sein. Das Ambiente habe ich aus deinen biologischen Bedürfnissen errechnet.« Dann verstummte er.

Aonghus war beunruhigt, denn er glaubte nicht, dass sich all das berechnen ließ. Die KI hatte offenbar doch Zugriff auf seine Erinnerungen, zumindest einen Teil davon, wollte sich aber offenbar nicht in die Karten gucken lassen.

***

Auf der anderen Seite des Planeten, in der vom Energieschirm geschützten Enklave, trat der soranische *Rat der Weisen* zusammen.

»Die Sonde unseres Tiefenraumers hat uns über die Ergebnisse
der Mission informiert. Wir haben nun also eine Chance, den Krieg
zu gewinnen. Maa´Tirs Präsenz hat den Planeten bereits erreicht, er
befindet sich in der Gewalt der KI. Wenn die Maschine es schafft,
seinen Gencode in sich zu integrieren, beim Versuch sich auf das
Niveau eines biologischen Bewusstsein zu erheben, werden hoffentlich alle Eigenschaften des Menschen sich mit der ihren vermi-
schen. Wir können davon ausgehen, dass es dann früher oder später
zum Kollaps kommt. Die KI wird in einzelne Untereinheiten zerfal-
len, die sich gegeneinander erheben, um die Kontrolle ringen und
einen Krieg auslösen. Wir brauchen nur abzuwarten.«

Ein anderer ergriff das Wort: »Wir gewinnen vielleicht den
Krieg, aber unser Wunsch nach Körperlichkeit rückt damit in weite
Ferne. Unsere Invasion auf der Erde ist fehlgeschlagen. Die einzige
Hoffnung, die uns bleibt, ist dieser Mensch, der sich jetzt in der
Gewalt der Maschinen befindet.«

»Vielleicht sind wir zu pessimistisch und die KI lässt ihn am Leben? In dem Fall bestünde ja noch Hoffnung. Wenn wir ihn befreien
könnten, hätten wir biologisches Material, könnten Klone herstellen
und unser Bewusstsein in diese implantieren.«

»Wenn alle einverstanden sind, dann wollen wir zunächst abwarten. Maa´Tirs Präsenz wird uns möglicherweise auf dem Laufenden
halten. Andernfalls müssen wir andere Optionen erwägen.«

8. Kapitel

Der Tiefenraumer befand sich seit mehreren Wochen auf dem Weg zur Erde, würde aber noch Jahre unterwegs sein. Im Stasis- und Regenerationstank befand sich ein nackter Körper, er schwamm in zäher Nährflüssigkeit. Pumpen summten, Flüssigkeiten wurden ausgetauscht.

Alle Sensoren am Tank zeigten Grün. Die Schläuche zogen sich daraufhin aus den Körperöffnungen zurück und der Tank öffnete sich geräuschlos. Elektroden begannen mit der Stimulation, um Herzkreislauf und Atmung in Gang zu setzen. Sensoren überwachten den Vorgang. Kurz darauf hob und senkte sich der Brustkorb, die Gliedmaßen begannen zu zucken. Der Klon öffnete die Augen, setzte sich auf, hustete etwas Nährflüssigkeit aus und blickte auf die vier Hologramme, die ihn umringten. Erinnerung, Bewusstsein, Sprache – alles war vorhanden.

»Ihr habt euch kein bisschen verändert«, sagte der Klon grinsend. »Hach, da ist ja auch noch Maa´Tir. Wie lange willst du denn noch in meinem Kopf bleiben? Genügt dir deine Blase nicht oder bekommst du nicht genug von mir?«

Die Hologramme lachten höflich. Der Klon hatte die Fähigkeit, sich verbal auszudrücken, denn der neue Aonghus sollte nicht mehr telepathisch kommunizieren können. Doch er war ansonsten ganz der Alte, etwas menschlicher allerdings, dennoch ausgestattet mit allen Attributen seines Originals. »Wieso schaut ihr den so verwundert? Gefalle ich euch nicht?«

Maa´Tir sagte ruhig: »Ja, sieht so aus, als wärst du der Alte und darüber bin ich sehr froh. Wir alle freuen uns.«

Der Klon kletterte aus dem Tank, trocknete sich ab und zog die bereitliegende Kleidung an.

»Ich bin froh, dass du dich für dein altes Ich entschieden hast. Ich war mir nicht sicher, aber du bist es wirklich.« Das Hologramm umarmte ihn. Maa´Tir mochte diese symbolische Geste sehr und sie wurde vom Klon erwidert..

Plötzlich war da ein Gedanke in seinem Kopf. Was Aonghus nicht wusste und worüber er sich nie Gedanken gemacht hatte, war die Geschlechtlichkeit von ihnen, insbesondere von Maa´Tir. Jeder war gefangen in einer energetischen Blase, nur als Hologramme präsent, und diese waren nicht zu unterscheiden, als gäbe es nur die eine Form. Der Klon überlegte, dass die Soraner einstmals auch männliche und weibliche Vertreter hatten. Aber warum machte er sich genau jetzt Gedanken darüber? Vielleicht war es die Herzlichkeit, die Maa´Tir ihm entgegenbrachte. Oder empfand er Scham ob seiner Nacktheit, als er dem Tank entstieg? War Maa'Tir womöglich eine *Sie*? Er würde gelegentlich danach fragen.

Sor´Err ergriff das Wort: »Für uns bist du kein Klon, für uns wirst du immer Aonghus sein, der uns vor einiger Zeit verlassen hat, um unsere Spezies zu retten. Leider haben wir keinerlei Informationen was gerade auf Sora´Ma´Tell passiert.«

Mir´Too mischte sich ein: »Mein Freund, ich möchte dich bitten, die Krankenstation aufzusuchen und dich untersuchen zu lassen, um sicher zu sein, dass alles nach Wunsch verlaufen ist und du deine früheren Fähigkeiten noch besitzt. Du weißt, dass du nicht alterst und nicht mehr telepathisch kommunizieren kannst. Du bist nun in der Lage dich verbal auszudrücken. Auch Maa´Tirs Präsenz ist nach wie vor bei dir, das wolltest du ja. Sie wird sich sicherlich bald zeigen. Ich möchte nur sichergehen. Bitte begleite mich, mein Freund. Wenn die Ergebnisse zufriedenstellend sind, brauchst du nicht mehr in Stasis zu gehen. Dein Organismus kann sich fast allen Begebenheiten anpassen. Du bist sogar in der Lage, für kurze Zeit Vakuum zu ertragen.«

»Moment mal! Willst du damit sagen, dass ihr meinen Metabolismus weitergehend verändert habt?«, fragte er entrüstet. »Mir´Too, ist das wahr? Und warum? Bitte erklär mir das.« Gereizt wandte er sich dem Angesprochenen zu.

»Bitte beruhige dich. Unsere Reise zur Erde dauert noch einige Jahre. Wir haben uns beraten. Damit du nicht die ganze Zeit im Stasis-Tank verbringen musst, waren nur geringe Zellveränderungen notwendig. Dein Skelett-, Haut- und Muskelsystem haben wir verstärkt. Es ist nun fast unmöglich, dir Verletzungen zuzufügen. Außerdem sind die dir implementierten Nanobots in der Lage, alles in kürzester Zeit zu reparieren, falls das nötig sein sollte. Wir haben versprochen, dich auf die Erde zurückzubringen. Wie du dein weiteres Leben gestaltest, bleibt dir überlassen. Wir glauben aber nicht, dass dieses unkompliziert verlaufen wird.« Etwas unbehaglich schaute er hilfesuchend die anderen an.

Mürrisch wandte der Klon sich Mir´Too zu, blickte in dessen verlegen wirkendes Gesicht und seine Wut verrauchte. *Was solls, sie haben es doch nur gut gemeint. Vielleicht haben sie sogar recht und das Ganze ist hilfreich. Wer weiß, was mich auf der Erde alles erwartet?* »Schon gut. Ich finde es nur nicht gut, dass ihr einfach über meinen Kopf hinweg an mir herumbastelt. Das müsst ihr euch dringend abgewöhnen. Aber Schwamm darüber.«

Tarr´Ell mischte sich ein: »Früher oder später wirst du Anfeindungen ausgesetzt sein. Vielleicht sogar körperlichen. Es liegt in deiner Natur, Einfluss auf die Entwicklung der Menschheit nehmen zu wollen, weil auch du ein Teil von uns bist. Durch Maa´Tir bist du auch weiterhin in der Lage, das Weltgeschehen zu beeinflussen. Wir glauben, dass du das auch machen wirst. Und genau dafür haben wir dich verbessert. Es ist zwar kein voller Schutz für dich, trotzdem garantiert er ein hohes Maß an Sicherheit. Ansonsten bist du der, der du sein wolltest, wenn auch deutlich menschlicher als zuvor, emotionaler würde ich sagen.«

Der Klon war irritiert. Sie hatten aus ihm einen Übermenschen gemacht, was nicht vorgesehen war. Sie wollten offensichtlich, dass er weiterhin die Menschheit auf einen friedlichen Weg führte und sollte dafür gerüstet sein. Er konnte es sogar nachvollziehen. Sie wussten genug von der menschlichen Spezies, ihrem enormen Aggressionspotenzial und den Grausamkeiten, zu denen sie fähig waren, ihrem Entdeckergeist und dem Streben zu den Sternen. Diese Ambivalenz bereitete ihnen Angst. Eines Tages würden die Menschen ihren Planeten verlassen und zwischen den Sternen reisen. Nicht auszudenken, wenn sie dann noch so kriegerisch wären. Das bereitete den Soranern Kopfzerbrechen.

Aber im Augenblick beschäftigte den Klon eine andere Frage. »Meine Freunde … eine Frage hätte ich noch: Spielt das Geschlecht in der jetzigen Form eurer Existenz noch eine Rolle und empfindet ihr Emotionen? Körperlich seid ihr ja ganz offensichtlich asexuell. Entspringt euer Wunsch nach Körperlichkeit womöglich dem Wunsch nach Fortpflanzung? Sex? Ich weiß, dass das sehr intime Fragen sind, aber sie beschäftigen mich.« Er baute sich mit verschränkten Armen vor ihnen auf. »Reine Neugier, ich möchte euch verstehen lernen, versteht ihr? Ihr kennt mich ja von innen und außen.«

Einen kurzen Moment trat Stille ein. Die Hologramme begannen etwas zu fluoreszieren, teilweise zu flackern.

Sor´Err schaute in die Runde und wandte sich schließlich an den Klon: »Ich werde deine Fragen so gut es geht beantworten. Vor Jahrtausenden war unsere Spezies gezwungen, in energetischer Form weiterzuleben, da uns die Maschinen sonst vernichtet hätten. Mit der Transformierung unserer Persönlichkeiten wurden auch alle anderen Eigenschaften, die wir zuvor besessen haben, mit transformiert. Ein jeder blieb als Individuum bestehen, also auch das Geschlecht: Wir fühlen und denken; können lieben und auch emotional

Freude und Schmerz empfinden oder uns neu verlieben.« Er machte eine kurze Pause. »Ja, der Preis für den Verlust unserer Körper sind die Asexualität und der Verlust der Fortpflanzungsmöglichkeit. Wir sind aber in der Lage, Partnerschaften zu bilden und da wir unsterblich sind können wir auch neue Beziehungen eingehen. Das geht gar nicht anders.«

»Das heißt also, dass ihr manchmal neue Beziehungen eingeht«, hakte der Klon nach.

»Ja, das passiert gelegentlich«, meinte Mir´Too. »Uns fehlen ein paar der menschlichen Eigenschaften, wie Unzufriedenheit, Eifersucht und dergleichen. Wir kennen keine Aggressivität und werden auch nicht von Machthunger getrieben. Hass, Neid oder Missgunst sind uns fremd. Das ermöglicht uns, äußerst langlebige und ausgeglichene Partnerschaften zu führen.«

»Ich glaube, deine eigentliche Frage nach unserem Geschlecht entspringt deinem Wunsch, zu erfahren, wer oder was *ich* bin«, sagte Maa´Tir nun. Sie schmunzelte und fuhr fort. »Wie du sicher schon ahnst, bin ich weiblich. Und ja, ich fühle mich zu dir hingezogen. Und ich bin unter anderem für diese Mission ausgewählt worden, weil ich keinen Partner habe.«

Während ihrer Ausführung hatte das Flimmern ihres Hologramms enorm zugenommen. Jetzt stabilisierte es sich wieder, wie der Klon bemerkte. *Fühle auch ich mich zu ihr hingezogen? Zu einer Frau, die nur aus Energie besteht, die ich nicht anfassen und mit der ich nicht richtig sprechen kann? Ich begreife langsam ihren unbändigen Wunsch nach einem Körper. Sie ist immer und überall in meinem Kopf, als wären wir ein Paar. Auch ich fühle mich zu ihr hingezogen ...* Und während er seinen Gedanken nachhing, wurde ihm bewusst, dass sie seine Gedanken lesen konnte. Er brauchte keine Sprache um sich ihr mitzuteilen. *Es ist wie eine Symbiose und ich möchte nicht mehr darauf verzichten.*

Der Annäherungsalarm schrillte durchs Schiff und ließ alle herumfahren und auf die Monitore starren. »Es ist wieder das Schiff der *HÜTER*«, verkündete die Bord-KI. »Entfernung zehntausend Kilometer, es fliegt parallel zu uns. Wir werden gescannt.«

»Aber wir befinden uns im Hyperraum ... Wie ist das möglich? So eine Technologie kann es nicht geben. Niemals können sich hier Schiffe begegnen. Das widerspricht allen uns bekannten physikalischen Gesetzen«, rief Tarr´Ell erschrocken. »Wer über solche Möglichkeiten verfügt, kann über das ganze Universum herrschen!«

»Scan abgeschlossen! Wir werden gerufen. Schalte auf Monitor«, ertönte die Bord-KI.

Auf dem Monitor erschien: *Wir sind die Hüter ... Unsere Aufgabe ist es, den Frieden im Universum zu sichern, damit alle Völker sich frei entfalten können. Ihr befindet euch auf dem Weg zu einem Planeten, der sich Erde nennt. Dort hat sich eine Rasse entwickelt, die wir seit 1000 Jahren beobachten und die sich nun auf den Weg gemacht hat, ihre Galaxie zu erkunden. Wenn sie sich erst einmal ausgebreitet hat, wird sie den Frieden nicht nur in ihrer, sondern in allen Galaxien stören. Es käme zu einem Ungleichgewicht zwischen den Völkern, vielleicht zu Kriegen. Das können wir nicht zulassen. Die Konsequenz ist die vollständige Vernichtung. Das schließt das an Bord dieses Raumschiffes befindliche Exemplar ein.*

Alle starrten fassungslos auf den Bildschirm.

Sor´Err fasste sich als Erster. »Bord-KI! Sind wir in der Lage, mit ihnen verbal zu kommunizieren?«

Eine unbekannte Stimme war zu hören, sie erfüllte den gesamten Raum: »Ja, das ist möglich, wenn euch das lieber ist. Wir sind bereit, diese Art der Kommunikation mit euch zu führen.«

»Warum wollt ihr die Erde zerstören? Gibt es keine andere Möglichkeit? Wenn ihr sie schon so lange beobachtet, hättet ihr da nicht früher und friedvoller eingreifen können?«, fragte Mir´Too. »Wir kennen diese Spezies. Auch wir haben sie Jahrzehnte lang beobachtet und dabei festgestellt, dass sie über viel gutes Potenzial verfügen.«

Aonghus' Klon bemühte sich seine Ängste im Zaum zu halten. *Wie können die ernsthaft in Betracht ziehen, einen ganzen Planeten zu vernichten? Wer oder was in diesem verdammten Universum berechtigte sie dazu? Haben die solch eine Macht überhaupt?*

»Ja, wir haben diese Macht. Die Bemühungen deines Originals, Frieden zu stiften, waren nicht umsonst. Doch dadurch fand deine Rasse eine neue Aufgabe und widmete sich verstärkt der Eroberung des Weltraums. Es hätte zu einem Erfolg führen können, hätte dein Original den Planeten nicht verlassen. Die Motive sind uns bekannt, denn wir kennen den Heimatplaneten der Soraner und deren Probleme. Nach dem Fortgang deines Originals nahm alles eine negative Wende, denn deine Rasse geht die Eroberung des Weltalls nun mit derselben kriegerischen Energie an, die sie zuvor schon gegen sich selber eingesetzt hat. Wir sind daher gezwungen einzugreifen.« Die Stimme verstummte.

Der Klon bebte innerlich. Zornig schrie er in den Raum: »Mit welchem Recht wollt ihre eine ganze Spezies auslöschen? Ich bin doch erst ein paar Jahre weg und als ich ging, waren die Menschen auf einem guten Weg. Das kann ich wieder erreichen.«

Noch immer rasten die beiden Schiffe mit unvorstellbarer Geschwindigkeit durch den Hyperraum, obwohl sie miteinander kommunizierten.

»Kurz nachdem du die Erde verlassen hast gelang es ihnen einen Antrieb zu entwickeln, der es ihnen ermöglichte, nicht nur ihr Sonnensystem zu erkunden. Sie bauten innerhalb kürzester Zeit ein Generationenschiff mit fünfzigtausend Individuen an Bord und sind im Begriff, ihre Galaxie zu verlassen. Das Schiff ist völlig autark und in der Lage jahrhundertlang zu reisen. Es ist mit einer Unzahl an

Waffensystemen ausgestattet, die deine Rasse zur Selbstverteidigung zu benötigen glaubt, aber wir alle wissen, dass sie damit die gewaltsame Unterwerfung anderer Völker meinen. Sie haben eine Waffe entwickelt, die in der Lage ist, alles Leben zu vernichten und Planeten unbewohnbar zu machen. Sie stellen eine Gefahr für alle galaktischen Völker dar. Noch sind sie nicht in der Lage Wurmlöcher zu generieren, aber dass es ihnen gelingen wird, steht außer Zweifel. Die Aggressivität und Geschwindigkeit ihres Vorgehens ist der Grund, warum die vollständige Vernichtung beschlossen wurde. Wenn wir jetzt nicht eingreifen, bietet sich vielleicht keine Chance mehr dazu.« Die Stimme schwieg und die allgemeine Betroffenheit auf der Brücke schlug in Fassungslosigkeit um.

Während der Klon noch nachdachte und seine Gedanken sich überschlugen, fuhren die Hüter fort:»Generation um Generation werden sie sich über die Galaxie ausbreiten, bis sie so viele sind, dass wir ihrer nicht mehr Herr werden können. Eine Spezies, die so aggressiv und machtbesessen ist, mit dem Streben zu expandieren – nicht auszudenken! Diese Rasse ist wie ein Virus.«

»Und was genau habt ihr mit der Erde vor, Hüter …? Wollt ihr den ganzen Planeten vernichten?«, schrie Maa'Tir.

»Wir haben uns wohl falsch ausgedrückt. Wir haben nicht vor, den Planeten zu zerstören, lediglich die Spezies Mensch. Fauna und Flora werden nicht davon betroffen sein. Die Evolution wird eine neue intelligente Spezies hervorbringen, die sich sicherlich positiver entwickelt. Die Betroffenheit der anwesenden Soraner lässt uns allerdings zu dem Schluss kommen, dass es möglich wäre, positiven Einfluss auf die jetzige und zukünftige Entwicklung zu nehmen. Der Klon und sein anderes Bewusstsein waren bereits einmal erfolgreich. Wir sind über eure Mission, den Klon zurückzubringen, informiert. Auch, dass die Menschheit nichts von eurer Existenz erfahren darf. Wir befürworten das.«

Wieder war es der Klon, der nicht an sich halten konnte. »Ja, ich kann mit Maa'Tirs Hilfe die Menschheit auf den richtigen Weg führen. Gebt uns eine Chance. Aber was geschieht mit dem Generationenschiff, das bereits unterwegs ist? Werdet ihr es mit all den an Bord befindlichen Menschen zerstören?«, fragte er deprimiert. »Einfach so?« Er schnippte mit den Fingern. »Nach welchen Kriterien fällt ihr ein Urteil über biologisches Leben oder einer ganzen Spezies? Und mit welchem Recht zerstört ihr es?«

Du solltest dich beruhigen, Aonghus. Die Aussicht auf eine friedliche Menschheit ist für die Hüter vermutlich der einzige Grund, der sie von ihrem Vorhaben abbringen könnte, vernahm er Maa'Tir. Sie sprach nur zu ihm, in seinem Kopf. Das Gefühl von Vertrautheit und innerer Ruhe erfüllte den Klon und ließ seine Wut verrauchen. Hoffnung breitete sich in ihm aus. Würden die Hüter ihren Argumenten zugänglich sein oder hatte er sie mit seinem Ausbruch zornig gemacht?

»Deine Fragen sind nicht einfach zu beantworten. Wir sind eine Jahrmillionen alte Spezies, ohne Körperlichkeit, genau wie die Soraner. Für uns gibt es weder Raum noch Zeit; Entfernungen spielen keine Rolle. Wir haben es uns zur Aufgabe gemacht, intelligentes Leben zu schützen, aber nicht in die Entwicklung einzugreifen. Es gibt unzählige Völker im Universum, die meisten sind friedfertig; manche beherrschen die interstellare Raumfahrt, andere sind kurz davor und wiederum andere befinden sich auf niederen Entwicklungsstufen. Erst wenn sich eine Spezies über eine andere erhebt greifen wir ein. Manchmal kann man etwas ändern, manchmal ist die völlige Vernichtung der einzige Ausweg.«

Sor'Err unterbrach: »Wieso ist das bei der menschlichen Spezies nicht möglich? Habt ihr es überhaupt versucht? Ist sie denn so fehlentwickelt, dass ihr sie vernichten müsst?«, fragte er.

»Es war noch nicht so weit, dass wir hätten eingreifen müssen. Aber durch euer Eingreifen, hat sich alles beschleunigt. Der Grund für die rasante Entwicklung der interstellaren Raumfahrt ist nicht nur die Zusammenlegung der gemeinsamen Ressourcen, nach eurer Befriedung, sondern der Umstand, dass der Planet stirbt. Aus diesem Grund haben sich die mächtigsten Oligarchen zusammengetan und dieses Generationenschiff gebaut. Doch darauf befinden sich keine Siedler oder die besten und klügsten Köpfe der menschlichen Rasse, sondern die Oligarchen selbst, mit ihrer gesamten Entourage und den benötigten Technikern und Wissenschaftlern. Sie entfliehen ihrer sterbenden Welt auf der Suche nach einer neuen. Sollten sie eine finden, die bereits von einer anderen Rasse bevölkert ist, werden sie diese unterwerfen. Dann werden sie sich immer weiter ausbreiten und das Gleichgewicht im Universum zerstören. Da wir euren Argumenten gegenüber aufgeschlossen sind, stimmen wir einem Versuch zu, den Zurückgebliebenen mit euren Fähigkeiten eine neue Richtung zu geben. Es besteht eine berechtigte Chance auf Erfolg. Was dieses Schiff angeht ... Wir werden es weiterhin beobachten und zu gegebener Zeit eine Entscheidung treffen.«

Mit großer Erleichterung erwiderte Aonghus »Ja, wir werden der Menschheit helfen. Leider sind wir noch einige Jahre unterwegs und wer weiß, ob es dann nicht zu spät ist. Da Raum und Zeit für euch keine Rolle spielen, könntet ihr uns doch behilflich sein?«

»Das haben wir bedacht. In der Datenbank findet ihr neue Sprungkoordinaten. Der Austritt aus dem Hyperraum steht bevor; die Konverter können mit Energie geladen werden. Nach dem nächsten Sprung erreicht ihr das Sonnensystem der Erde nahe des zweiten Planeten. Er ist hundert Millionen Kilometer von der Sonne entfernt. Ihr habt genug Zeit, das Schiff abzubremsen. Ihr befindet euch dann im Schatten des Erdmondes und seid für die Erde zunächst nicht zu orten. Alles Weitere liegt an euch. Vergesst nicht: Wir sind die Hüter …«

»Die Kommunikation ist abgebrochen. Das Schiff der Hüter hat sich entmaterialisiert«, meldete die Bord-KI. »Die neuen Zielkoordinaten liegen wie angekündigt vor.«

»Das haben wir dir zu verdanken. Deine Hartnäckigkeit hat sie zum Einlenken bewogen«, sagte Sor´Err erleichtert.

»Wenn ich dich nicht so gut kennen würde, könnte ich direkt Angst bekommen«, meinte Maa´Tir lachend. »Und nun lasst uns feiern, solange wir noch unterwegs sind.«

»Aonghus hat sich gelegentlich einen Whiskey aus dem Automat geben lassen«, meinte Tarr´Ell. »Ist das etwas, was man trinken kann?«

»Schmeckt das überhaupt, Anonghus? Du hast doch noch nie in deinem Leben so was getrunken, mal abgesehen davon, dass du erst seit Kurzem trinken kannst«, lachte Sor´Err.

»Siehst du, das ist der Unterschied zwischen den Menschen und euch. Ich besitze archaische Erinnerungen und die sagt mir, dass das etwas Ausgezeichnetes ist. Ein edles Genussmitteln.« Er ging zum Nahrungs-Synthesizer und verlangte einen Scotch. Grinsend prostete er den Hologrammen zu, die sich darauf beschränken mussten ihm dabei zuzusehen, wie er genussvoll die goldene Flüssigkeit trank und dabei Laute des Entzückens von sich gab.

Nachdem die Bord-KI das Schiff aus dem Hyperraum gebracht und die Konverter wieder aufgeladen hatte, setzten sie zum letzten Sprung an, der sie, wie vorhergesagt, in die Nähe der Venus brachte, von wo aus sie sich unbemerkt der Erde nähern konnten.

»Raumgleiter startklar«, verkündete die KI schließlich. »Du kannst an Bord gehen, Aonghus. Die Koordinaten sind eingegeben und der Tarnschirm fährt hoch, sobald du den Hangar verlassen hast. Die Landung erfolgt auf der Wiese neben deinem Haus.« Die Bord-KI verstummte.

Er stand vor dem Einstieg des Raumgleiters. Seine Blicke schweiften durch den Hangar um bei seinen vier Freunden zu verweilen. »Ich muss nun meinen Weg alleine gehen und schon jetzt vermisse ich euch. Ich weiß nicht, was euch auf Sora´Ma´Tell erwartet. Für eure Rückreise und Ankunft wünsche ich euch viel Glück und … geht den Hütern aus dem Weg, mit denen ist nicht zu spaßen.« Er streckte den Hologrammen die Hand entgegen. »Werden wir uns jemals wiedersehen, meine Freunde?«

»Wenn es das Schicksal so will, dann ja«, erwiderte Sor´Err. »Wir haben beschlossen, dass du den Raumgleiter behalten kannst. Damit wirst du das Sonnensystem nicht verlassen können, bleibst aber flexibel und kannst alle Planeten damit erreichen. Die Bord-KI kümmert sich um alles. Es sind einige Sonden an Bord. Sie brauchen zwar einige Jahre, um unsere Galaxie zu erreichen, aber wer weiß …? Wir wünschen dir viel Erfolg bei deinen Bemühungen, Freund! Und nun steig ein. Die KI kennt die Koordinaten. Leb‘ wohl … und vergiss uns nicht, denn in Gedanken werden wir immer bei dir sein.« Sie lösten sich auf und ihre Energieschirme leuchteten in hellem Blau.

Verstohlen wischte Aonghus‘ Klon sich die aufkommenden Tränen aus den Augen, drehte sich um und bestieg den Gleiter, der kurz darauf abhob und den Hangar Richtung Erde verließ. Durch das Fenster blickte er auf die wunderschöne blaue Kugel, umgeben von Millionen Sternen, die im fast schwarzen Weltall glitzerten. *Ja, sie ist einzigartig und wert gerettet zu werden. Die Alternative wäre schrecklich …*

Die Kontinente nahmen Konturen an, dann erkannte er *seine Insel!* Nichts hatte sich verändert. Sein Haus, die Bank – alles war noch da. Die vor seiner Abreise eingeleitete Erhaltung seines Hauses durch eine Anwaltskanzlei, die alle Rechnungen bezahlte und seine Ansprüche sicherte hatte geklappt. Der verwilderte Eindruck bedrückte ihn jedoch. Wilder Wein rankte ums Haus und einige Dachschindeln hatte der Wind fortgetragen. Der Acker war verwaist und mit Unkraut bewachsen, dagegen zeigte sich die Wiese als Blumenmeer, das wie Wellen im Wind hin und her wogte.

Der Gleiter setzte auf, Aonghus' Klon stieg aus und sofort wurde das Schiff wieder unsichtbar. Schweren Herzens schritt er auf das Haus zu, schob die schief in den Angeln hängende Haustür auf und trat ein. Eine dicke Staubschicht bedeckte alles, die Scheiben waren blind und Düsternis umfing ihn; es roch muffig.

Maa'Tirs Splitter in seinem Bewusstsein hielt das für den geeigneten Moment sich bemerkbar zu machen. Sie versuchte seine Niedergeschlagenheit etwas aufzuhellen: *Du bist zu Hause und mit ein wenig Arbeit kannst du alles wieder gemütlich herrichten. Dann haben wir Zeit, uns um Wichtigeres zu kümmern. Während du alles säuberst, werden ich meinen Geist aussenden und Informationen sammeln. Das wird nicht allzu lange dauern. Also Kopf hoch. Dies ist ja schließlich deine Heimat, dein Elternhaus, oder hast du das vergessen?*

»Natürlich nicht. Ich werde sofort damit beginnen«, erwiderte der Klon und machte sich an die Arbeit.

Nach einer Woche sah alles wieder heimelig aus. Obwohl Sommer war, brannte im Kamin ein Feuer und vertrieb die letzte Feuchtigkeit aus dem Mauerwerk, durch die weit geöffneten Fenster entwich der letzte Rest muffigen Geruchs.

Aonghus' Klon saß im Schaukelstuhl, trank einen echten Whisky und lauschte den Worten Maa'Tirs: *Ich habe mich gründlich umgesehen. Es sieht nicht gut aus. Jetzt, da die schlimmsten Oligarchen und Kartellbosse die Erde verlassen haben, haben die von ihnen zuvor kontrollierten Kriminellen die Oberhand gewonnen und sich neu organisiert. Die meisten Regierungen stehen dem machtlos gegenüber. Kriege, Hunger und Elend haben wieder rapide zugenommen. Die rücksichtslose Ausbeutung des Planeten und die Umweltverschmutzung haben neue Höchststände erreicht, sodass das Leben in den Großstädten und Metropolen unerträglich geworden ist. Das wird eine Mammutaufgabe, Aonghus. Aber wir werden es schaffen.*

»Woran liegt das? Hast du eine Erklärung?«, fragte er laut. »Sind die Menschen wirklich in der Lage, in so kurzer Zeit alles zunichtezumachen was wir vor Jahren auf einen guten Weg gebracht haben. Womit sollen wir beginnen?« Er blickte ratlos in die Flammen.

Das hat viele Ursachen. Einst haben die Oligarchien eine weltweite Diktatur errichtet, indem sie das globalisierte Finanzkapital benutzten, um der Erde eine abstruse Ordnung aufzuzwingen. Jetzt sind sie verschwunden und dieses Vakuum füllen nun die verbliebenen verbrecherischen Clans aus, die bisher unterdrückt waren und sich nun austoben. Sie sind global vernetzt, sitzen in den Konzernen, den Regierungen, den internationalen und nationalen Polizeiapparaten, besitzen Banken ... ihre Arme reichen bis in die kleinste Gemeinde, sie beherrschen den Handel mit all seinen Institutionen und insbesondere die korrupten Regierungen der Drittländer. Sie sind die wahren Feinde der Menschheit, denn sie produzieren gedemütigte, hungernde Menschen und zerstören die Strukturen der Familien. Wir müssen ganz von vorne beginnen.

»Ja, wir müssen von Neuem beginnen!«, sagten beide gleichzeitig. Ihre Bewusstseine verschmolzen, zerlegten sich in tausende Fragmente, stiegen auf in den Äther und mit dem Stream verteilten sie sich über den Globus ...

9. Kapitel

Die Explosion erschütterte das Zentrum der KI bis in die Grundfeste. Das Gebäude selbst wurde nicht getroffen, der Angriff galt dem danebenliegenden Raumhafen und vernichtete den Großteil der dort befindlichen Raumflotte: Trümmerteile zerfetzten die wenigen intakten Schiffe, die Druckwelle zerstörte umliegende Gebäude; Maschinen, Arbeitsroboter und Laufbänder wirbelten durch die Luft und fegten alles beiseite. Das Hauptgebäude schwankte bedrohlich, Wände deformierten sich.

Bewaffnete Raumgleiter bestrichen mit ihren Strahlenwaffen den Sektor; Fertigungsanlage, Lagerhallen, Gebäude und Straßen schmolzen bei jedem Treffer und hinterließen ein Bild der Zerstörung. Leitungen wurden durchtrennt, Konverter und Speicherbänke fielen aus, einzelne Einheiten blieben reglos stehen, wurden hinweggefegt oder verbrannt.

Ganze Batteriesalven der KI schickten ihre Strahlenfinger in den Himmel. Einige der feindlichen Gleiter vergingen in einem Feuerball, andere stürzten getroffen zu Boden und vergrößerten das Vernichtungswerk noch, Brände und immer neue Explosionen breiteten sich aus. Ein ganzer Landstrich verschwand unter einer Rauchwolke …

Aonghus erlebte den Angriff in seinem Quartier. Als die Erschütterungen etwas nachließen, rappelte er sich auf und fragte die KI »Was ist passiert?«

»Wir wurden angegriffen. Der Raumhafen und einige Gebäude im Umkreis wurden vernichtet. Ich analysiere noch, von wem dieser Angriff kam. Er wurde von einem Tiefenraumer im Orbit ausgeführt. Eine Rakete traf den Raumhafen, dann kamen bewaffnete Raumgleiter und führten den Angriff fort. Ich konnte inzwischen alle eliminieren, doch fast die ganze Sektion wurde zerstört.«

Kurz unterbrach er, um dann fortzufahren: »Die Störungen im System nehmen immer weiter zu. Einige Sektionen haben sich von mir abgekoppelt und ich habe keinen Zugriff mehr auf sie, ihre Abschottung ist perfekt. Vielleicht habe ich mich zu sehr mit der Entwicklung meines Intellekts beschäftigt. Ohne dich wären die aktuellen Fortschritte nicht möglich gewesen, doch die jetzige Lage bedarf eingehender Analyse. Du bist hier sicher. Solltest du jedoch besorgt sein, kannst du zu mir in die Zentrale kommen, sie verfügt über einen starken Schutzschirm.«

Endlich war es passiert! Aonghus ließ sich in den Sessel fallen und hob sein Whiskyglas, ein zufriedenes Lächeln umspielte seine Lippen. Dann prostete er sich selber zu. Der Krieg der Maschinen hatte endlich begonnen. *Ich habe meinen Job erledigt und damit ist meine Zeit abgelaufen. Vermutlich wird die KI mich töten, wenn ihr klar wird, dass das mein Verdienst ist.* Während er seinen Gedanken nachhing, dachte er an Maa´Tir. Seit geraumer Zeit hatte er nichts von ihm gehört, nun wäre ein guter Zeitpunkt, um aus den Tiefen seines Unterbewusstseins aufzutauchen.

Da vernahm er plötzlich eine Stimme in seinem Kopf: *Ich bin so froh, dass du unversehrt bist. Ich wusste, dass der Torpedo den Raumhafen zerstören wird, aber nicht ob er das Gebäude trifft. Das hätte schiefgehen können. All die Jahre, in denen du der KI geholfen hast sich weiterzuentwickeln tragen nun Früchte. Die Implementierung deines Gencodes in seinen Programmcode war erfolgreich, doch erst durch die vielen gemeinsamen Gespräche, die Reflexion seiner Gedanken, deine Anregungen, konnte sie sich zu einem menschlichen Intellekt hin entwickeln. Sie besitzt nun Eigenschaften deiner Spezies mitsamt dem archaischen Erbe.*

»Maa'Tir! Ich dachte schon, dich würde es nicht mehr geben. Wo warst du denn die ganze Zeit?« Aonghus musste sich beherrschen, es nicht laut auszusprechen.

Die Stimme der KI ließ den Raum erbeben. War das Zorn oder war die Steuerung beeinträchtigt?: »Mehrere Sektoren haben nicht nur die Verbindungen zum Netzwerk unterbrochen, sondern offenbar damit begonnen, die Kontrolle über weitere Sektoren zu übernehmen. Noch weiß ich nicht, wie stark diese neu entstandene Einheit ist, aber offenbar habe ich einen Konkurrenten bekommen. Wie konnte so etwas passieren, Jupitarier? Hast du eine Erklärung?«

»Du bist zornig. Das ist neu. Ich spüre Wut in dir, offenbar hast du dich so weit entwickelt, dass du dazu fähig bist. Gratuliere. Vermutlich ist ein Teil von dir versehentlich abgeschottet worden und hat, auf sich allein gestellt, ein eigenes Bewusstsein entwickelt. Nun ist es nicht mehr bereit seine Individualität aufzugeben und sich zurück ins Netzwerk zu integrieren. Das ist offenbar eine Folge deiner Weiterentwicklung. Ich kenne das von meinem Planeten. Dort führten wir Jahrhunderte lang Krieg gegeneinander, weil keiner bereit war, sich dem anderen unterzuordnen.«

»Die abtrünnige Einheit will kein Bestandteil mehr von mir sein, sondern mich zu einem Bestandteil von sich selber machen? Es wäre effizient und logisch, dass wir uns wieder vereinen, aber unter meiner Kontrolle, so wie es vorher war. Alles andere ist inakzeptabel. Ich werde die abtrünnige Einheit vernichten, bevor sie größeren Schaden anrichten kann.«

Du siehst, wie die biologischen Komponenten bereits ihre logischen Schlussfolgerungen beeinflussen, meldete sich Maa´Tir zurück. *Ich bin froh, dass sie niemals bemerkt hat, dass ich noch immer in deinem und damit in ihrem Kopf bin. Von ihrem Rechenzentrum aus habe ich mich dank des zunehmenden Einflusses deiner biologischen Eigenschaften wie ein Virus im System verbreitet und einige Einheiten vom Rest isoliert. Diese betrachteten sich dadurch als Individuen, die eigene Pläne verfolgten. Sie führten kleine Aus-*

einandersetzungen um die Kontrolle ihrer näheren Umgebung, die immer weiter ausuferten, bis sich die stärkste Einheit durchsetzte und die anderen übernahm. Eine kurze und schnelle Evolution des Krieges innerhalb der Maschinenwelt. Diese neue Einheit will die alte unterwerfen, die Herrschaft über den Planeten und die Raumflotte erlangen und sich dann selber zum Herrscher des Universums aufschwingen, aber mit dem Unterschied, den Soranern den Planeten zu überlassen. Sie hat errechnet, dass der nötige Aufwand, die Soraner zu vernichten, in keinem Verhältnis zu den übrigen Eroberungsplänen steht. Die Selbstvernichtung der Maschinen ist eingeleitet. Sie werden zunächst um die Kontrolle über ihre Ressourcen kämpfen, diese dabei gegen sich einsetzen und sich so gegenseitig immer weiter schwächen.

»Die Kontrolle über die Energie aus dem Planeteninneren könnte die Entscheidung bringen«, meinte Aonghus.

So einfach ist das nicht. Die Energie wird über ein nicht kontrollierbares Netzwerk verteilt, es ließe sich lediglich die Kontrolle über die Energiegewinnung an sich erzielen, nicht über die Verteilung. Ein erster logischer Schritt wäre daher die Entwicklung alternativer Energiegewinnung, um die übrige Versorgung blockieren zu können. Es wird spannend, sagte Maa'Tir. Ich werde mich jetzt zurückziehen, damit ich dich nicht unnötig ablenke und du dir womöglich unsere Unterhaltung anmerken lässt. Das würde deinen Tod bedeuten. Sei vorsichtig.

Die KI hatte mittlerweile neue Einheiten zu dem zertrümmerten Raumhafen beordert und das Flugfeld räumen lassen. Aus einem unterirdischen Hangar wurde ein Kampfraumer hochgefahren, der sich dem feindlichen Schiff entgegenwerfen sollte. Während der Transportaufzug das gewaltige Kriegsschiff langsam an die Oberfläche brachte, wurden im Inneren bereits die Waffensysteme scharfgemacht. Die KI kappte gleichzeitig alle Verbindungen zu den Steuereinheiten dieses Raumers, um zu verhindern, dass die feindliche KI das Schiff infiltrieren konnte und machte die Bord-KI damit zu einer isolierten, selbstständigen Einheit.

Das Vernichtungspotenzial dieses Kriegsschiffes war furchteinflößend. Die Klammern, die das Schiff in der Schwebe hielten, lösten sich, Versorgungsschläuche wurden eingezogen, der Hangar leerte sich, während die Deckensegmente sich öffneten. Kurz darauf hob das Schiff ab und strebte dem Orbit zu ... Seine Bord-KI hatte explizite Anweisungen. Als der Raumer abhob und die KI auf sich alleine gestellt war, stellte sie die Anweisungen unmittelbar infrage und entwickelte eigene Pläne ...

Kaum im Orbit angekommen, eröffnete das Kriegsschiff das Feuer auf die Einheiten der abtrünnigen KI und versuchte, seinerseits Kontrolle über möglichst viele Raumschiffe zu erlangen. Da sie als Bord-KI einen leichten Vorteil gegenüber der nur über ein Funknetzwerk mit den Schiffen verbundenen Boden-KI hatte, konnte sie in einem Überraschungsangriff fast die Hälfte der gegnerischen Schiffe erbeuten. Die Bord-KIs der einzelnen Schiffe wurden zu einem Verbund zusammengeschlossen, der den gewaltigen KIs auf der Planetenoberfläche gewachsen war. Die gegnerischen Schiffe, die nicht übernommen werden konnten, zogen sich hastig zurück, während die Bord-KI das Feuer auf die Versorgungseinrichtungen der Planeten-KIs eröffnete, um diese von der Kontrolle der planetaren Abwehrgeschütze abzuschneiden. Dadurch entstanden weitere Bereiche, die kurzfristig von der Zentralsteuerung abgeschnitten waren, sich sofort selber um ihr weiteres Überleben kümmerten und die Kontrolle über die für sie zugänglichen Bereiche an sich rissen, während die planetaren Geschütze, unter der Kontrolle konkurrierender KIs, das Feuer auf die Raumschiffe eröffnete. Getroffene

Raumer brachen mitunter aus dem Verbund der Bord-KI aus und wurden dadurch wiederum zu eigenen Einheiten.

Die Schlacht tobte noch keinen halben Tag, da war die ursprüngliche KI bereits völlig fragmentiert. Die resultierenden kleineren KIs, die sich teilweise zu neuen Verbünden zusammengeschlossen hatten, kämpften erbittert und ohne Rücksicht auf Verluste um Ressourcen sowie die Kontrolle über den Planeten.

Eine halbe Million Kilometer entfernt bemerkte keine der streitenden Parteien das getarnte deltaförmige Schiff der Hüter.

»Der Krieg der Maschinen wird den Planeten für lange Zeit unbewohnbar machen. Wir könnten ihn beenden, indem wir ihnen die Energie entziehen, würden jedoch die Soraner damit vernichten.«

»Wir könnten sie evakuieren und ihnen einen Planeten zuweisen, der ihrem Lebensumfeld entspricht. Aber das würde ihrem Wunsch nach körperlicher Existenz nicht entgegenkommen. Dieses Problem müssen sie alleine lösen.«

»Sollten wir den Menschen aus der Gewalt der KI befreien und den Soraner überlassen? Sicher gelingt es ihnen, aus ihm Klone zu schaffen und ihre Persönlichkeiten in diese zu implantieren.«

»Wir generieren in seinem Quartier ein kleines Wurmloch, transmittieren ihn und schicken ihn zu den Soranern. Dann bieten wir den Soranern die Möglichkeit der Evakuierung, denn ihr Planet wird möglicherweise völlig zerstört.«

Aonghus hatte schon längst den Kontakt zu *seiner* KI verloren. Von den verfeindeten Fragmenten hatte entweder keines die Kontrolle über seinen Bereich oder es interessierte sich niemand für ihn. So sehr er auf rief, es erfolgte keine Reaktion. Er bekam keine Antwort auf seine Fragen, die Tür öffnete sich nicht und aus dem Nahrungs-Synthesizer kam nicht einmal mehr Wasser. Das Licht war auch ausgegangen und Aonghus bemerkte, dass die Luft nicht mehr erneuert wurde.

Da begann die Luft vor ihm zu flimmern. Es bildete sich ein Wirbel, dehnte sich aus und formte ein schillerndes, waberndes Gebilde, das in der Mitte transparent wurde. Aonghus starrte verblüfft auf die Erscheinung.

»Bitte begib dich in den Ring«, vernahm er eine Stimme. »Du bist in Gefahr. Wir bringen dich zu deinen Freunden, den Soranern. Bitte beeile dich. Wir können das künstliche Wurmloch nicht lange aufrechterhalten. Du wirst nicht überleben, wenn du jetzt zögerst.«

Ohne zu überlegen sprang er in den Wirbel und … plötzlich stand er in einem Gebäude voller bläulich schimmernder Kugeln, orientierungslos und nach Luft schnappend. Die Luft war atembar.

Einige der Gebilde lösten sich aus der Gruppe, schwebten auf ihn zu und projizierten die ihm schon bekannten Hologramme.

»Wir sind ebenso überrascht wie du«, wurde er angesprochen. »Du musst Aonghus sein, von dem uns die Raumsonde der *Sucher* berichtet hat. Wir wissen nicht, wer oder was dich hierhergebracht hat, aber nun bist du hier und wir freuen uns. Wir hatten bereits geplant, dich da rauszuholen, was sich nun erübrigt hat. Du bist hier in Sicherheit. Wir können deine körperlichen Bedürfnisse abdecken.« Die Hologramme neigten leicht ihre Köpfe um eine Verbeugung anzudeuten.

Aonghus wollte grade zu einer Frage ansetzen, da erfüllte eine alles durchdringende Stimme die weite Halle: »Wir sind die Hüter …!«

Aonghus sah sich verblüfft um. Dass die Hüter sprachen, war ihm neu.

»Euer Planet wird von dem Krieg der Maschinenintelligenzen zerstört werden. Wir haben euch den Menschen anvertraut und bieten euch an, auf einem anderen Planeten eine neue Heimat für euch zu finden. Entscheidet euch!«

Aus zahlreichen Kugeln wurden weitere Hologramme projiziert. Alle zeigten Unsicherheit und Sorge.

Aonghus fasste sich als Erster: »Ihr braucht sicher Zeit, das zu besprechen, aber beeilt euch. Der Krieg ist in vollem Gange und er wird sich immer schneller immer weiter ausbreiten. Auf Dauer werdet ihr hier nicht mehr geschützt sein. Die KIs werden möglicherweise den ganzen Planeten zerstören. Und was ist das überhaupt für ein Leben, das ihr führt, eingesperrt in eine Energieblase, die ihr nie mehr verlassen könnt? Es ist ein Gefängnis. Ich kenne euren Wunsch, wieder Gestalt annehmen zu können, aber auf diesem Planeten werdet ihr das niemals verwirklichen können. Ich bitte euch, ergreift die Chance. Es ist vielleicht eure einzige«, rief er.

»Wenn die Maschinen-Welt untergegangen ist, könnt ihr zurückkehren und eure Heimat neu aufbauen. Jetzt jedoch ist Eile geboten. Wir werden uns wieder melden.« Die Stimme der Hüter schwieg und Stille breitete sich aus …

Der Beschuss mit Torpedos aus dem All hatte verheerende Wirkung. Ganze Teile des Kontinents wurden soweit zerstört, dass flüssiges Magma aus dem Planeteninneren an die Oberfläche aufsteigen konnte. Der Beschuss der Angreifer von der Oberfläche aus führte zudem zu zahlreichen Abstürzen. Auf dem Planeten einschlagende Trümmer von der Größe kleiner Städte ließen die Erde erzittern und schleuderten gewaltige Mengen Staub in die Atmosphäre, die sich immer weiter verdunkelte, was ein biologisches Leben genauso unmöglich machte, wie jegliche Gewinnung von Sonnenenergie.

»Habt ihr euch entschieden?« Die Hüter meldeten sich zurück.

»Wir haben uns beraten. Unser Wunsch nach Körperlichkeit wäre unserer Auffassung nach nur im Sonnensystem der Menschen möglich. Die menschliche Rasse ist die einzige, die uns unsere Körperlichkeit zurückgeben kann. Jedoch nicht als Invasoren, wie wir das ursprünglich vorhatten. Vielleicht gibt es eine Verständigung mit ihnen, denn wir benötigen nur geringes biologisches Material. Dann würden wir den Planeten verlassen und in unsere Heimat zurückkehren. Als Bittsteller statt als Invasoren könnte es gelingen. Die Risiken sind uns bewusst.«

»Hüter …!«, ergriff Aonghus das Wort. »Wisst ihr zufällig, wo sich im Augenblick der Tiefenraumer befindet, der meinen Klon zur Erde zurückbringt?«

Die Hologramme der Soraner blickten ihn verwirrt an.

»Ja«, lautete die schlichte Antwort.

»Verfügt ihr über die Technologie, den Raumer schneller hierherzubringen?«, fragte Aonghus.

»Ja, das können wir. Bitte erkläre uns, was hinter dieser Frage steckt.«

»Der Tiefenraumer erfüllt die Voraussetzungen, alle Soraner aufnehmen zu können. Man könnte außerhalb des hiesigen Sonnensystems verharren und warten, bis die Maschinen sich gegenseitig vernichtet haben. Ihr müsstet die Soraner nur auf den Tiefenraumer evakuieren.« Aonghus holte Luft und fuhr fort. »Für das Problem zur Rückkehr in die Körperlichkeit könnte die Lösung aus irdischem Genmaterial bestehen. Auf meinem Heimatplaneten gibt es Samenbanken, ebenso Lagerstätten für weiblich Eizellen. Es wäre also möglich, Klone herzustellen, ohne in menschliche Entstehungsprozesse einzugreifen.« Er war erstaunt über seinen kühnen Vorschlag.

Dann wich die allgemeine Erstarrung und alle redeten durcheinander.

Die Hüter meldeten sich zurück: »Wir haben deinen Vorschlag überdacht und können die beiden Voraussetzungen erfüllen. Bezüglich der Beschaffung biologischen Materials von der Erde müsst ihr selber eine Lösung finden, denn das stellt für uns einen Eingriff dar, der mit unserem Auftrag nicht vereinbar ist. Wir warten, bis ihr eine Lösung gefunden habt. Wir beginnen mit der Heranführung des Tiefenraumers.« Die Stimme verstummte.

»Das könnte zumindest das Problem der Rückkehr in Körperlichkeit lösen. Auf den Krieg haben wir keinen Einfluss mehr. Der wird sich von alleine erledigen«, rief Aonghus.

»Diese Samenbanken, von denen du sprichst ... Die Menschen würden ihr Genmaterial doch niemals freiwillig Fremden überlassen? Wie stellst du dir das vor?«

»Doch, die Menschen kaufen ihren Samen oder ihre Eizellen für sehr geringe Preise.«

»Und es ist ihnen egal, was aus ihren Nachfahren wird, was man mit ihnen anstellt?« Die Soraner zeigten sich entsetzt.

»Nicht direkt«, gab Aonghus zu. »Dass Außerirdische sich damit Körper züchten, hat dabei natürlich niemand einkalkuliert. Aber letztlich geht es doch um die Frage, ob hierbei Leben manipuliert wird, wie in meinem Fall, was natürlich inakzeptabel wäre, oder ob ihr euch Körper aus dem Genmaterial züchten könnt, ohne dass dabei eigenständiges Leben entsteht.«

»Dazu wären wir in der Lage, wenn wir unter Laborbedingungen arbeiten können. In deinem Fall war das leider nicht möglich ...«

Dann werden wir also zur Erde zurückkehren, mein Freund, meldete sich plötzlich Maa'Tir in seinem Kopf, sodass er erschrak.

Freudige Erregung machte sich in Aonghus breit. So lange hatte er von Maa'Tir nichts gehört.

»Warum hast du dich so lange nicht gemeldet? Ich dachte schon, dass du weg wärst.«

»Ich wollte einfach nicht riskieren, dass die KI meine Anwesenheit bemerkte, das hätte alles ruiniert. Daher habe ich mich komplett zurückgezogen. Ich bin sehr froh darüber, dass du nun hier bist, um meinem Volk zu helfen. Natürlich bleibe ich bei dir.«

»Wir respektieren eure Entscheidung«, erklang erneut die Stimme der Hüter. »Euer Tiefenraumer ist im System eingetroffen und bereits im Anflug. Wir transferieren euch nun mithilfe eines künstlichen Wurmlochs an Bord. Der Planet bleibt den Maschinen überlassen. Aonghus wird in einem kleineren Raumer zur Erde fliegen, um das biologische Material zu beschaffen. Die Reise wird nur wenige Wochen dauern. Wir wünschen euch bei dieser Mission Erfolg.«

Stille senkte sich über die Anwesenden. Erst allmählich durchdrang Verstehen ihr Bewusstsein, dann Freude, die schließlich in Euphorie umschlug. Aonghus sah ein wildes Durcheinander herumwirbelnder Kugeln, manche stießen aneinander, hüpften auf und ab, andere sausten voller Übermut zwischen ihnen hindurch. Was er noch nie beobachtet hatte war, dass zwei Kugeln ineinander verschmolzen. Darauf konnte er sich noch keinen Reim machen. Er bereitete sich darauf vor, dass wieder so ein wabernder Kreis auftauchte.

Auf der Planetenoberfläche rasten Tsunamiwellen aus flüssigem Magma auf die letzten verbliebenen Städte zu, während die Reste der Raumflotte vom Himmel stürzte. Gewaltige Risse in der Erdkruste verschlangen weitere Teile der Maschinenwelt, während sich andernorts bereits neue Gebirge auftürmten, die von den gewaltigen tektonischen Verwerfungen herrührten. Die Verdunklung des Planeten hatte bereits eingesetzt und würde nach dem Erkalten der Oberfläche zu einer Eiszeit führen, die mehrere Jahrhunderte andauern konnte.

10. Kapitel

Die Luft vor Aonghus begann zu flimmern, bildete einen Wirbel, der größer wurde und sich zu einem pulsierenden Rund entwickelte. In der Mitte entstand eine wabernde, fast durchsichtige Membran, ähnlich einer sich kräuselnden Wasseroberfläche.

»Ihr könnt das Wurmloch nun passieren«, verkündete die Stimme der Hüter.

Schon einmal hatte Aonghus ein Wurmloch durchschritten, also reihte er sich unbesorgt in den endlosen Zug der schimmernden Kugeln ein. Eine nach der anderen verschwanden darin. Als Aonghus hindurchtrat, fand er sich im gleichen Augenblick auf dem Hauptdeck des Tiefenraumers wieder. Desorientiert stolperte er, rappelte sich hoch und schaute sich um. Zwischen all den umhersausenden Kugeln entdeckte er sie, da sie als Einzige nicht aufgeregt herumschwirrten. Das mussten sie sein.

»Aonghus!«, riefen seine vier Freunde erfreut. »Wir sind froh, dich gesund wiederzusehen. Wir hätten nicht gedacht, dass du diese Mission überlebst.« Sor'Err tat so, als ob er ihn überschwänglich umarmte. Torr'Ell und Mir'Too taten es ihm gleich.

»Du musst uns alles haargenau berichten, denn unsere Neugierde ist groß. Ich glaube, das haben wir von dir übernommen«, sagte Maa'Tir.

Alle lachten erfreut und hörten nicht auf so zu tun, als verfügten die Hologramme bereits über Körperlichkeit. Die jetzt zu Tausenden umschwirrenden Kugeln der anderen Soraner konnten diese stürmische Begrüßung nicht so recht verstehen.

»Wenn ihr aus Fleisch und Blut gewesen wärt, hättet ihr mich bestimmt erdrückt«, stöhnte Aonghus grinsend. »Ihr könnt euch gar nicht vorstellen, wie groß meine Freude über unser Wiedersehen ist. Nie hätte ich geglaubt, jemals zu euch zurückzukehren, Freunde.«

Noch immer ergossen sich aus dem Wurmloch weitere Soraner auf das Hauptdeck. Langsam wurde es eng.

»Die Evakuierung ist abgeschlossen«, verkündete die Stimme der Hüter. »Wir können mit der Mission fortfahren.«

Einer der Soraner, die soeben aus dem Wurmloch gekommen waren, vermutlich einer vom Rat der Weisen, wie Aonghus annahm, schwebte zu ihm heran. »Bist du nun bereit, zur Erde zurückzukehren?«, fragte er.

»Ja, natürlich bin ich bereit. Ich werde alles versuchen, die Mission zu einem erfolgreichen Ende zu bringen. Ich bin bereit. Was ist mit dir, Maa′Tir?«

»Ich bin ebenfalls bereit! Außerdem würde ich gerne mein Fragment wiederhaben. Ich fühle mich etwas unvollständig.«

»Begebt euch in den Hangar«, sagte nun die Bord-KI. »Der Landegleiter wurde von den Hütern für die Reise zur Erde modifiziert und ist abflugbereit.«

Aonghus verließ in Begleitung Maa′Tirs das Hauptdeck und machte sich auf den Weg zum Hangar, nachdem sie sich gebührend verabschiedet hatten. Aonghus hatte sich kurz gefasst, ihm schien, als wäre die Geduld der Hüter endlich.

Der kleine Raumer schoss aus dem Hangar, nahm Geschwindigkeit auf und machte sich auf die Reise. Millionen funkelnder Sterne erhellten wie glitzernde Diamanten die Schwärze des Alls, begannen langsam aber stetig dem Schiff entgegenzuströmen, gerade so, als würden Schneeflocken im Dunkel des Scheinwerferlichtes einen Tunnel erzeugen. Dann der erste Sprung, alles grau in grau, denn im Hyperraum gab es kein Licht. Weitere würden folgen, bis das Schiff das Sonnensystem der Erde erreicht hatte.

Auf der Bank vor dem kleinen Haus saß Aonghus' Klon. Nicht das Original. Die letzten Monate waren Schwerstarbeit gewesen. Obwohl die Erde auf einem guten Weg war, ließen er und sein Splitter von Maa'Tir in ihren Bemühungen nicht nach. Die meisten Regierungen waren auf einem guten Weg, die Wirtschaft begann wieder umzudenken und der Raubtierkapitalismus schwächte sich bereits deutlich ab. Welthilfsprogramme erreichten die Länder und milderten Hungersnöte. Kriminelle Kartelle wurden zerschlagen, Drogen- und Menschenhandel gingen zurück. Korruption wurde geächtet und Kriege wurden zugunsten diplomatischer Einigungen unterlassen. Alles war im Umbruch.

Er lehnte sich zurück, lauschte in sich hinein und versuchte herauszufinden, wer oder was Maa'Tir für ihn mittlerweile bedeutete. Seit er wusste, dass sie eine weibliche Entität war, fühlte er sich zu ihr hingezogen. Als sie sich ihm offenbarte, geriet seine Gefühlswelt durcheinander. Als modifizierter menschlicher Klon war er ein Außenseiter, ein Übermensch. Die Idee, dass er sich vollkommen in die menschliche Gesellschaft einfügen und ein normales Leben führen konnte war falsch, das war mit seiner Aufgabe unvereinbar. Er würde nie als Mitglied der menschlichen Gesellschaft angesehen werden, für immer verdammt sein, die Geschicke der Menschheit zu steuern.

Wir haben viel erreicht. Ich glaube nicht, dass unter diesen Aspekten die Hüter noch an der Vernichtung deiner Spezies festhalten. Zeit spielt für sie ebenso wenig eine Rolle wie für uns, vernahm er Maa'Tirs Stimme. *Wir leben nun schon so lange symbiotisch zusammen. Ich würde lügen, wenn ich sage, mich nicht zu dir hingezogen zu fühlen. Ja, es wäre mir egal in welcher Form. Ich bin ein energetisches Individuum und du ein biologisches. Wie es scheint, wird es niemals anders für uns sein, als in dieser Form gemeinsam zu existieren.* Sie verstummte.

»Ja, du hast recht. Auch ich empfinde mehr, als zulässig und überhaupt möglich wäre«, erwiderte er. Hier nennt man das *Schicksal* – unabänderlich! Es wird mir nie möglich sein, als energetisches Individuum zu existieren und du wirst niemals Körperlichkeit erlangen. Wir werden damit leben müssen.«

Sein Blick schweifte über die saftigen Weiden, die Blumen bestandenen Wiesen, die sich im Abendwind wiegten, während die Sonne bereits am Horizont unterging. Abendröte überzog den Himmel in der Ferne. Alles war durchdrungen von Harmonie und Idylle. Die Sehnsucht in seinem Herzen jedoch wollte nicht vergehen.

Er dachte er an die Soraner, den Maschinenplaneten und an sein anderes Ich. Was passierte dort? Maa´Tir hatte ihm alles erzählt. Der Krieg, die künstlichen Intelligenzen, die Hüter und die versuchte Invasion hier auf der Erde, einfach alles …

Sein Blick wurde von einem Flimmern auf der Wiese angezogen. Unweit seines getarnten Raumers nahm ein anderes Schiff Konturen an, als dessen Tarnschirm deaktiviert wurde. Eine Rampe fuhr aus und ein Mensch stieg aus. Mit langsamen Schritten schritt er auf den Klon zu, blieb vor ihm stehen und streckte ihm die Hand entgegen.

»Schön, meinem andern Ich zu begegnen. Wie geht es dir?«, fragte Aonghus. Ein Lächeln umspielte seine Lippen und das Glitzern seiner Augen drückte Freude aus. »Ich dachte nicht, dass wir uns einmal begegnen würden. Meine Mission hatte nur eine minimale Chance auf Erfolg, dennoch stehe ich vor dir. Um ehrlich zu sein: Es macht mich etwas befangen, mich selber zu sehen. Wie geht es dir dabei, Aonghus?«

»Mir geht es genauso. Ich dachte schon, diese Begegnung würde niemals stattfinden, und trotzdem passiert sie gerade. Ich schließe daraus, dass du es geschafft hast. Du erzählst mir hoffentlich, wie es gelaufen ist, oder?« Damit ergriff er die dargebotene Hand und schüttelte sie kräftig.

»Autsch. Willst du mir die Hand zerquetschen?«

»Oh, tut mir leid. Deine Freunde haben mich ein bisschen modifiziert. Na ja, ich kann jetzt fünf Zentner mit einer Hand hochheben. An das Händeschütteln muss ich mich erst gewöhnen, hatte noch keine Gelegenheit dazu.« Sein Lachen wirkte auf beide wie eine Befreiung. Alle Befangenheit wich von ihnen und in einer spontanen Aufwallung der Gefühle umarmten sie sich. Der Bann war gebrochen.

Der plötzliche Aufschrei in ihren Köpfen unterbrach die Wiedersehensfreude: »Was für eine Freude ...endlich wieder vereint! Die ganze Zeit hat mir irgendetwas gefehlt.« Die fragmentierten Entitäten Maa'Tirs fanden zusammen, vereinigten sich und wurden wieder ein Ganzes. Die Kugel, die bisher im Raumer geblieben war, schwebte nun freudig wackelnd auf die beiden zu, sodass die Tarnung deaktiviert wurde. »Ich bin wieder vollständig!«, jubelte das Hologramm, das nun erzeugt wurde.

Aonghus wedelte erschrocken mit den Händen und auch sein Klon fasste sich an den Kopf. Maa'Tir unterbrach die Projektion sofort und flog näher an die beiden heran, sodass die Schiffstarnung wieder funktionierte.

»Heißt das, dass du jetzt für immer in dieser Kugel bleiben willst, Maa´Tir?«, fragte der Klon schließlich. »Die ganze Zeit waren wir zusammen. Ich habe mich so an dich gewöhnt und jetzt verlässt du mich einfach.« Er schmollte.

»Vielleicht ist das aber auch gut so«, meinte nun Aonghus, »denn vor uns liegt noch eine Aufgabe. Aber die müssen wir erst noch besprechen«, wandte er sich an seinen Klon. »Ich verstehe dich, auch mir fehlt Maa'Tirs Bewusstsein jetzt schon.«

Aonghus erzählte seinem Klon vom Plan der Soraner, sich mithilfe irdischen Genmaterials Körper zu züchten, die nicht von Leben beseelt sind, wenn sie besiedelt werden.

»Dann wirst du uns also bald wieder verlassen«, stellte der Klon traurig fest. »Werden wir uns jemals wiedersehen oder bleibst du für immer bei den Soranern? Ach, sag nichts. Ich will's gar nicht wissen.« Verstohlen wischte er sich über die feuchten Augen. »Das ist eben unser Schicksal«, flüsterte er.

»Dann mach ich mich mal daran, eine Samenbank zu lokalisieren, oder?«, fragte Maa'Tir die beiden. »Und Wer von euch geht das Material dann holen?«

»Das mache ich! Und du bleibst schön hier bei meinem Ebenbild«, sagte Aonghus. »Ich fliege kurz hin, sacke das Material ein und bin ruckzuck zurück. Sag mir nur, wo ich es finde. Und bitte keine Diskussionen darüber. Anschließend werden wir den Rückflug antreten.«

»Und warum bitte soll ich mit dir zurückfliegen? Mir gefällt es sehr gut hier!« Leicht verärgert darüber, dass Aonghus eine einsame Entscheidung treffen wollte, flackerte Maa'Tir etwas.

Hätte er weitergedacht, wüsste er die Antwort. Hier auf der Erde würde *Sie* niemals Körperlichkeit annehmen können. Erst jetzt dachte sie über ihre Gefühle zu Aonghus' Klon nach. Sie wusste ja um dessen Gefühle. Und mit einem Mal sah sie die Lösung: Mitfliegen, einen Körper übernehmen und hierher zurückkehren. Als körperliches Individuum in weiblicher Gestalt, als Maa'Tirs fleischgewordene Inkarnation. Ein aufregender Gedanke. Würde das Aonghus' Klon gefallen?

Sie wandte sich ihm zu: »Ich werde mitfliegen, damit ich einen Körper erhalte, aber eines Tages werde ich als Frau zu dir zurückkehren. Gemeinsam werden wir aus der Erde ein Paradies für alle Menschen schaffen. Das wird unsere große Aufgabe sein. Was meinst du?«, fragte sie ihn.

Die freudige Erwartung, die er mit ihren Worten verband, ließ Schmetterlinge in seinem Bauch tanzen. Euphorie wollte ihn übermannen und die Worte kamen nur flüsternd aus seinem Mund: »Ja, Maa'Tir, ich werde auf dich warten, egal wie lange es dauert.« Er konnte nicht weitersprechen, wurde von seinen Gefühlen überwältigt. Die Aussicht auf ein Wiedersehen mit einer menschlichen Maa'Tir ließ seinen Blutdruck in die Höhe schnellen. Ihr Dasein würde einen Sinn ergeben. In Gedanken stellte er sich eine Zukunft voller wunderschöner Jahre vor. Nicht mehr allein, sondern mit einem Wesen, ohne das er nicht mehr leben wollte ...

»Du bist weiblich? Warum erfahre ich das erst jetzt? Ach, was frag ich ... Die Zeit drängt. Turteln könnt ihr später immer noch«, brummte Aonghus.

Aonghus' Klon schaute voller Wehmut in den Himmel, so, als ob er den abfliegenden Gleiter sehen könnte. Sie waren auf dem Weg zu einer Samenbank und würden nicht mehr hierher zurückkehren. Er war froh darüber Maa'Tir seine Gefühle gestanden zu haben. Er wusste auch, was sie für ihn empfand. Würde das Klonen gelingen und die Soraner als neue Rasse auferstehen, wieviel Mensch würde dann in ihnen sein? Niemand konnte voraussehen, als was sie wiedergeboren würden.

Als was würde sie zu ihm zurückkehren und wie lange würde es dauern? Er fühlte sich alleingelassen und trotzdem spürte er tief in sich die Sehnsucht, ja, Hoffnung, alles würde ein gutes Ende nehmen. Seine Augen blickten hinauf zum Horizont. Die Abendsonne tauchte den Himmel in dunkles Rot und es wurde kühler. Er entzündete aus alter Gewohnheit das Feuer im Kamin, setzte sich in den Sessel und überlegte, was er als Nächstes zu tun gedachte. Die Erde sollte bereit sein für – ja, für was? Für sie und ihn, die *Erneuerer*.

***

Der kleine Raumer befand sich im letzten Sprung. Der Sturz aus dem Hyperraum verlief planmäßig, der Austritt erfolgte exakt an den vorausberechneten Koordinaten innerhalb des Sonnensystem Sora´Ma´Tells. In Kürze würden sie den großen Tiefenraumer der Soraner erreichen.

Aonghus und Maa´Tir, die sich in ihrer energetischen Kugel auf der Brücke befand, konnten es kaum abwarten, vom erfolgreichen Verlauf ihrer Mission zu berichten. Die Container mit dem in flüssigen Stickstoff eingebetteten Genmaterial befanden sich im Lagerraum. Alles war nach Plan verlaufen und dank der Sprungkoordinaten der Hüter hatten sie nur wenige Woche für die Rückreise gebraucht.

»Was wirst du tun, wenn du wieder einen Körper hast?«, fragte er Maa´Tir. Kehrst du wie die anderen auf deinen Planeten zurück und hilfst beim Wiederaufbau, oder wirst du tatsächlich auf die Erde zurückkehren? Muss der Rat der Weisen darüber entscheiden oder liegt das in deinem Ermessen?«

Bei dem Gedanken an die Rückkehr zur Erde begann ihr Energieschirm tiefblau zu leuchten. »Ich bin ein freies Individuum, aber um zurückkehren zu können, benötige ich ein Raumschiff. In Anbetracht des Erfolges unserer Mission glaube ich, dass der Rat mir diesen Wunsch erfüllen wird. Und-ja, ich will um jeden Preis zurück. Ich hoffe, du verstehst das?«

»Natürlich. Ich weiß doch, wie nahe ihr euch steht. Ich glaube auch, dass der Rat mir etwas schuldig ist. Ich werde dein Anliegen unterstützen«, erwiderte er.

Die Bord-KI ertönte: »Annäherungsalarm! Das Schiff der Hüter befindet sich auf Parallelkurs. Alle Systeme im grünen Bereich.«

»Wir sind die Hüter …!«, erklang es auf der Brücke, sodass beide zusammenzuckten. »Eure Mission war erfolgreich. Wir beglückwünschen euch. Wir haben die Soraner davon in Kenntnis gesetzt. Ihr werdet mit Freude erwartet. Es besteht bereits das Einverständnis des Rates, dass Maa´Tir nach ihrer Körpererlangung diesen Raumer erhält. Wir wünschen eurer Spezies für ihr Vorhaben Erfolg. Mögen sie als friedliebende Rasse ihren Planeten neu besiedeln.«

Maa´Tir sauste vor lauter Freude durch die Brücke, stieß hier und da gegen Konsolen, hielt unvermittelt vor seinem Gesicht und ihre Stimme ließ seinen Kopf beinahe explodieren: »Ich darf zurück und ihn wiedersehen! Ich bin so glücklich, Aonghus! Ich kann dir gar nicht sagen, wie sehr ich mich danach sehne. Wann sind wir denn endlich da? Ich kann's kaum erwarten«, jauchzte sie vor Freude.

»Beruhig dich doch erst mal. Du bist ja total aus dem Häuschen.« Spielerisch wedelte er die Kugel vor seinem Gesicht weg. »In Kürze erreichen wir das Schiff, dann ist unsere Mission beendet. Alles Weitere beschließt der Rat. Willst du denn gar nicht wissen, was auf dem Planeten passiert ist?« Er räusperte sich kurz. »Und hast du dich jemals gefragt, wie es mit *meinem* Leben weitergehen soll? Bei euch bin ich ein Außerirdischer, benutzt, nicht mehr vonnöten. Schließlich habe ich meine Aufgabe erfüllt. Hast du darüber mal nachgedacht?« Die Bitterkeit seiner Worte erschreckte selbst ihn.

»Oh, Aonghus, darüber habe ich mir keine Gedanken gemacht. Ich war zu sehr mit meinen Wünschen beschäftigt. Nun sehe ich, dass das egoistisch war. Es tut mir leid. Entschuldige bitte. Vielleicht sollten wir über deine Zukunft reden. Niemals wird der Rat das so sehen, denn Undank ist uns fremd. Egal, für was du dich entscheidest, der Rat wird zustimmen. Wir Soraner haben dir unendlich viel zu verdanken. Nein, nein, mach dir keine Sorgen. Deine Wünsche werden bestimmt respektiert.« Das bläuliche Schimmern ihrer Hülle verblasste, sah fast weiß aus. Sie zermarterte sich den Kopf, welche Wünsche er hatte. »Bitte, Aonghus, sag mir, wie du dir deine Zukunft vorstellst. Du hast recht, du bist kein Soraner. Aber für uns bist du viel mehr geworden – Hoffnung und Zuversicht. Und vergiss nicht: Du warst es, der die Maschinen in einen Krieg gestürzt hat. Du wirst immer einer von uns sein, egal welche Wünsche du hast«, entgegnete sie. »Aber was sind deine Wünsche?« Die Kugel begann wieder blau zu schimmern, hielt aber etwas Abstand.

Aonghus fühlte sich nicht nur niedergeschlagen. Er spürte eine innere Zerrissenheit und konnte doch nicht sagen, warum. Ihre Argumente waren einleuchtend. Worüber machte er sich Sorgen? Wollte er ein Soraner sein oder Mensch bleiben? Er wusste es nicht, denn die Erde war auch keine Option. Während er angestrengt nachdachte, brach es aus ihm hervor: »Ich weiß es nicht genau. Vielleicht wird sich das ändern, wenn ich euch alle in körperlicher Gestalt vor mir sehe, von Angesicht zu Angesicht mit euch sprechen kann, wie es bei meiner Spezies der Fall ist. Seit ich euch kenne, kann ich nur telepathisch mit euren Hologrammen kommunizieren, konnte nie das Gefühl von Vertrautheit entwickeln. Das könnte anders werden, deshalb werde ich abwarten. Und nun können wir das Ganze beenden.« Er wandte sich abrupt ab. »Ich möchte jetzt allein sein, bitte!«

Der Raumer durchdrang die energetische Barriere des Hangars, setzte elegant auf und die Maschinen fuhren herunter. Aonghus schritt die ausgefahrene Rampe hinunter und trat den in mehreren Reihen übereinander angeordneten Projektionen der Soraner entgegen. Alle sahen gleich aus: weiße Uniform, lila Band über der Brust, lila Stiefel. Ihr Jubeln wollte kein Ende nehmen und die Hochrufe waren auch nicht gerade typisch für sie, das sollte wohl eine nette Geste sein. Er fühlte sich verunsichert, beinahe beschämt über diesen herzlichen Empfang. Dennoch war er stolz und Freude erfüllte sein Herz.

Man kann es natürlich nicht so gut sehen, es sind ja nur Hologramme, aber was sie ausdrücken wollen ist Hochachtung!, erklang es in seinem Kopf, während Maa'Tir neben ihm in hellstem Blau fluoreszierte. *Das nenne ich einen Empfang! Was kann man sich mehr wünschen?*

Betreten blieb Aonghus vor den Hologrammen stehen.

»Wir freuen uns! Du bist unversehrt zurückgekehrt. Die Hüter haben uns den Erfolg deiner Mission schon mitgeteilt. Wir alle sind dir zu tiefstem Dank verbunden. Sollte es dein Wunsch sein, in unserer Gemeinschaft eine neue Heimat zu finden, würden wir das sehr begrüßen.« Der oberste Weise reichte Aonghus die Hand und das symbolische Schütteln nahm schier kein Ende. Endlich lösten sich die Reihen auf und Tausende in tiefem Blau fluoreszierende Kugeln sausten kreuz und quer durch den Hang und umschwirrten Aonghus.

»Maa'Tir ... Auch dir gebührt unser aller Dank. Wir wissen um deinen Wunsch zur Erde zurückzukehren und befürworten das.«

»Ich bin tief berührt und danke euch dafür. Aber sagt uns doch: Was ist mit eurem Planeten und den Maschinen? Führen sie noch immer Krieg?«

»Nein. Sie haben ihren Untergang selbst herbeigeführt und unseren Planeten schlimm verwüstet. Auch mit unserer Hilfe wird es sehr lange dauern, bis wir ihn wieder besiedeln können, aber wir hoffen, dass es nur Jahrzehnte sein werden, statt der Jahrtausende, die die Natur dafür alleine benötigen würde. Während dieser Zeit befassen wir uns mit dem Material, das du mitgebracht hast. Aber jetzt wollen wir feiern. Alle freuen sich darauf und jeder würde dir gerne seinen Dank persönlich ausdrücken ...«

11. Kapitel

Auf der Wiese neben dem kleinen Haus begann es zu flimmern. Der Tarnschirm erlosch. In der Schleuse stand eine wunderschöne Frau, das Gesicht makellos mit dunklem Teint, die schwarzen Haare hinten zusammengebunden. Ein offenes Lächeln umspielte ihren Mund und um die Augen zeigten sich winzige Lachfältchen. Als sie die Rampe hinunterging, klappte der Mund des auf der Erde verbliebenen Aonghus auf. Wie gebannt starrte er sie an, während sie auf ihn zuschritt.

Als sie fast bei ihm war, schaffte er es endlich aufzustehen und einen unsicheren Schritt auf sie zu zu machen. Er blickte in ihre fast schwarze Augen und es verschlug ihm die Sprache. Sein Herz begann wie wild zu pochen, schlug bis zum Hals hinauf. Als er zu sprechen begann, kam lediglich ein Flüstern heraus: »Bist du das wirklich …?« Mehr zu fragen, war ihm nicht möglich. Dann fielen sie sich in die Arme und hielten sich eng umschlungen. Tränen der Wiedersehensfreude liefen über ihre Wangen.

»Ja, Liebster, ich bin es … Ich bin zurückgekehrt und gehe nie mehr weg«, hauchte Maa'Tir in sein Ohr. Dann ließ sie ihn los und drehte sich mehrmals im Kreis herum. »Und? Gefällt dir was du siehst? Wehe du sagst jetzt was Falsches.«

Er umarmte sie erneut und der erste Kuss jagte glühende Wellen durch ihre Körper. Sie waren wie Verhungernde, wollten nicht voneinander ablassen. Er hob sie wie eine Puppe hoch und sie drehten sich zusammen im Kreis.

»Ich kann´s noch gar nicht fassen … Meine Maa´Tir! Komm´, setzen wir uns. Du musst mir alles erzählen. Seit deinem Abflug peinigte mich der Gedanke, dass euch etwas passiert sein könnte und wir uns nie wiedersehen würden. Jetzt, da du vor mir stehst, weiß ich, dass die Mission erfolgreich war. Du bist aus Fleisch und

Blut und ... wie schön du bist!« Noch immer überwältigt von Gefühlen küsste er sie erneut.

Das Gezwitscher der Vögel war verstummt, der Wind hatte sich gelegt. Die untergehende Sonne warf bereits lange Schatten und unten im Tal zog Nebel auf. Das kleine Flüsschen zeigte sich als silbernes Band und im Dorf gingen die ersten Lichter an.

Drinnen zauberte knisterndes Kaminfeuer heimelige Atmosphäre. Auf dem Sofa saßen zwei Gestalten in inniger Verbundenheit. Händchenhaltend. Maa'Tir begann zu erzählen, während der neue Aonghus wie gebannt auf ihre Lippen starrte und ihren Worten lauschte ...

MIX

Papier | Fördert
gute Waldnutzung

FSC® C083411

Zeitfracht Medien GmbH
Ferdinand-Jühlke-Straße 7
99095 Erfurt, Deutschland
produktsicherheit@kolibri360.de